竜騎士のお気に入り９

ふたりは宿命に直面中

織　川　あ　さ　ぎ

A S A G I　O R I K A W A

一迅社文庫アイリス

CONTENTS

ヒューバード
辺境伯を継いだ青年。
以前は竜騎士隊長として王城で働いていた。
竜が大好きで、竜に愛情を注いでいる。
相棒は白い竜で、
「白の女王」と呼ばれている。
青
久方ぶりに誕生した王竜。
竜の階級の最上位に位置しており、
従わない竜はいない。
メリッサ
辺境伯領の侍女になった少女。
幼い頃から竜が大好きで、
竜達からも非常に気に入られている。
ヒューバードと結婚し、
妻となった。

白の女王

ヒューバードの相棒である
白い竜。竜の階級で
二番目に位置しており、
多くの竜達を従えている。

竜騎士のお気に入り 9

ふたりは宿命に直面中

Character

カール　イヴァルト王国の王太子。
成人前で、まだ婚約者が定まっていない。

用語説明

・竜騎士　竜に認められ、竜と契約を結べた騎士のこと。

・竜　知能が高く、空を飛べる生物。鱗や瞳の色によって厳格に階級が分かれており、上の階級の命令には従う習性がある。

・辺境伯　代々竜に選ばれた者が継いでいる特殊な爵位。竜と竜騎士の管理を行っている。

・コーダ　竜の巣がある渓谷の傍近くにあるため、竜と契約したい者達が訪れる街。辺境伯の屋敷も構えられている。

・クルース　辺境伯領でもっとも栄えている街。領民の生活拠点で、辺境伯家の別邸がある。

・キヌート　竜の渓谷を挟んで反対側にある隣国。

イラストレーション◆伊藤明十

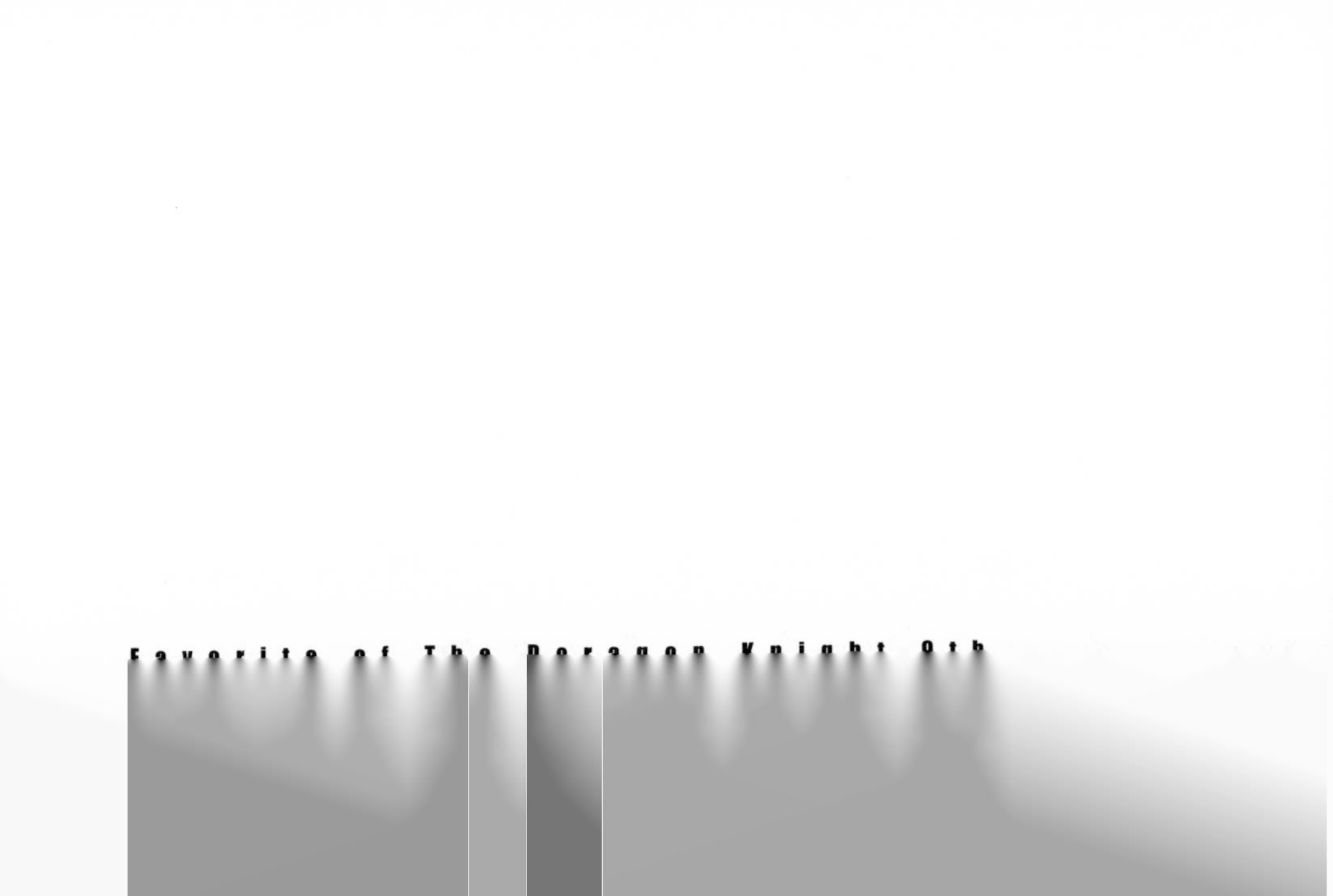
Favorite of The Doragon Knight Oth

序章

イヴァルト王国には、人の数より竜の生息数の方が多い領地がある。

辺境伯領にある街の数はたったのふたつ。だが、そのうち大半の人々が暮らしているのはひとつの街だ。

本来、辺境伯領というのは竜のための領地とされている。その大半の土地が、竜のねぐらにすむ竜達の領域なのだ。竜の領域のすぐ傍にある、竜達を守る人々が暮らすための街コーダと、そして外れにある人々の流通のために造られた街クルースで成り立っている。

そんな辺境伯領を治めるヒューバード・ウィングリフに嫁いだばかりであるメリッサの朝は、朝日の昇る前に始まる。

元々侍女として雇われたメリッサは、国で最も厳しい基準を備えた王宮で侍女として働けるだけの実力を身につけている。それ故に、嫁いだあともごく自然にその頃の習慣で目が覚めてしまう。

もちろん、辺境伯邸で過ごすようになってからの日課である、朝に竜達を出迎え、おやつを与える接待の仕事は、コーダにいる間は毎日おこなっている。毎朝自己の鍛錬のために早起きする夫のヒューバードと競うように早起きしているのだが、現在はその意味もなく、今日も結局、暗闇の中で思わず額を押さえて項垂れる。

「またやっちゃった……」

現在メリッサは、諸事情によりクルースで寝起きしている。

毎朝、甘えた青の竜の鳴き声も聞こえず、出張でもないのにヒューバードもいない状況は、この辺境に来てからもそう経験のないことで、それこそ、以前メリッサが誘拐され、怪我をしたとき、療養のため医師の多いこのクルースに滞在していたとき以来のような気がする。

基本、ヒューバードが一緒にいないときは、青の竜が必ずメリッサの傍にいてくれたため、そのどちらもがいないというのは、メリッサにとってすでに過去に自分がその状況でいられたことが信じられないくらいなのだ。

まだまだ窓の外は暗く、起きるならランプに火を入れなくてはならない時間だ。

そして、元侍女であるからこそ、この時間に起きてはならないことがよくわかっていた。

元侍女であるメリッサは、もし主人が起きる時間が早くなれば、侍女達をはじめとした使用人達も、その時間に合わせて起きなければならなくなることをよくわかっていた。

普通の貴族は、会食だ夜会だと遅くまで社交のため起きていることが多く、朝はどうしても遅くなる。

その時間も考慮しながら、朝食のために夜起き出してパンを焼き、主人の朝の身支度のために服にアイロンをかけ、さらに水を運び、湯を沸かす。

しかしそれが、夜も明けぬ時間から主人が起きてしまうとどうなるか。主人が起き出すより前に起きて支度をはじめ、となると、それこそ深夜から起きて作業をしなくてはならなくなる。使用人達にも睡眠は必要だ。今の時間、夜番の少数の使用人は起きているだろうが、本格的に使用人達が起き出し、作業に入るのはまだまだ先だろう。

つまり、主人が今起きては、使用人達を叩き起こすことになってしまうのだ。

メリッサは、小さくため息をつくと、もう一度布団にもぐり込む。そしてまったく慣れない二度寝をするため、ぎゅっと空色の目を閉じた。

第一章　辺境の青

気がつけば夏も過ぎ、収穫祭が各地で催される時期となっていた。

ただし、ここ、イヴァルト辺境のコーダではあまり関係ない祭りである。

コーダの周囲は、はっきり言って畑にできるような土地はない。正確には、土地はあるがその場所を畑にできるような人材がいない。

それはこの場所が、竜達の領域として存在しているためである。

今日も悠々と大空を飛び交う竜達は、気ままに地上に降り、大地を踏みしめ、ごろごろ転がって遊ぶと、再び空へと舞い上がる。こんな日常が繰り返される場所に、いったい誰が畑を作ろうと思うだろうか。

だが、このコーダでも、本当に僅かながら収穫祭らしい影響もある。

いつもの作業用の、汚れてもいいシャツとスカート、そして侍女時代から身につけていたエプロンをしっかり身につけ、さらににんじん色の髪をまとめた姿で、野菜を掲げて竜達に向かって笑顔を見せる。

「みんな、今日はおやつの種類がいっぱいあるから、好きなの選んでいいからね！」

いつも野菜を運ぶための荷車に、野菜と果物を山盛りにして、辺境伯夫人メリッサは竜達の前に立つ。

収穫祭は各地で秋の収穫が終わったあとに催される祭りである。その収穫は、基本的に冬を越すために貯蔵されたり、金に換えられたりすることになる。その時期は種類も量も豊富となるため、ここ辺境伯家でも取り引きのある商人から大量に仕入れをおこなうのだ。

大量に運び込まれた野菜は、当然冬に向けて貯蓄されるのだが、何度も出入りする商人の馬車に、竜達が興味を持ってしまうのはある意味この辺境では至極当然のことだ。

故にひとまず竜達の気を引くために、メリッサは竜の庭に立ち、声を上げ、身振り手振りで竜達の視線と意識を誘導していた。

そうしてそんな辺境伯夫人の前には、この辺境を真に治める王が立っている。

ギュアァァァ！

他(ほか)の場所よりも青が深いと言われる辺境の空。その空の色を凝縮した、晴天の王者。青の竜は、世界に住まうすべての竜の頂点であるが、この辺境伯邸の庭にいる間は、間違いなくメリッサのかわいいかわいい子供なのだ。

そのかわいい子である青の竜は、どの竜よりも先にメリッサの正面に立ち、竜達が作る行列の先頭を務めている。

「青！　今日も綺麗(きれい)な鱗(うろこ)ね。秋の色になった空を映しているからか、色が深まって見えるわ」

グルルゥ

青の竜は、今日も鱗の色を褒められ、機嫌良く喉を鳴らす。

「あ、今日は梨もいっぱいあるのよ。青はよく熟れた梨が好きよね。ええと……これ！　これが一番熟れているわね。はい、これが青の分ね！」

そう告げて、満面に笑みを浮かべたメリッサはかわいい子供である青の竜へと梨を差し出した。

メリッサは、青の竜の代理親だ。他の誰が見ても畏怖を覚える青の竜に、母親として接することを許された、ただひとりの人間である。

差し出された梨を嬉しそうに頬ばった青の竜は、今日も機嫌良くメリッサのすぐ傍で、竜達がメリッサから野菜を受け取るのを見守っている。青の竜の表情は誰が見ても穏やかで、そこはかとなく微笑んでいるようにも見えた。

そんな穏やかな時間を過ごしていた青の竜は、ふと何かに気づいたように、コーダへと視線を向けた。

辺境伯邸の変化は、馬車によってもたらされる。それがいつもの時間に来るものなら問題はないが、いつもとは違う時間に上がってくる馬車は、緊急の知らせということを示している。

ギュー ア……

時間外の馬車が何をもたらすのか、頭の良い青の竜はしっかり覚えているらしい。半眼で馬車を睨みつける青の竜に気づいたメリッサは、なにごとかと振り返った。

時間外の馬車に気がついたメリッサは、慌てて青の竜に断わりを入れて、すぐさま屋敷へと向かっていく。

青の竜はその姿を残念そうに見送っていたが、まさかそれからしばらく朝のメリッサとの交流が中止になるなど、考えてもいなかった。

辺境伯邸の当主が使う執務室は、竜達がいる庭からよく見えるよう、大きな窓が取り付けられている。防犯という点から考えると、当主の部屋の窓が大きいのはあまり良いとは言えないが、この家の当主としては当たり前の事情がある。

すべてにおいて、竜が優先。

竜が部屋の中が見たいと思えば、壁を破壊されることも仕方なし。

そんな家であるので、竜騎士でもある当主が座る席は、竜の庭から竜達がいつでも中を覗き込めるようになっているのだ。

今代の当主であるヒューバードも、当然のように窓のことなど気にせずにその席に座っている。今日もよく晴れ、日当たりも良く、お昼寝日和とばかりに竜達がごろごろ転がり、眠っている。

しかし、現在その執務室にいる人々の表情は、そんな外ののんきな風景とは一変した、真剣なものだった。

「いよいよ王太子殿下が成人前の最後の公務で、辺境にいらっしゃる日程が決まったらしい」

ヒューバードが、つい先ほど届けられた手紙二通を見せながら、執務室に揃った一同に視線を向けた。

部屋の中には、メリッサをはじめとして、前々辺境伯の夫人であり、ヒューバードの母であるヴィクトリア、そして執事のハリーと侍女長のヘレン。以上の現在辺境伯邸を動かしている主要な人々がヒューバードの前に勢揃いしている。

メリッサにとっては王太子殿下の視察と言われても、具体的なことはなにひとつわからないため、しっかり覚えておくためにヒューバードの話に集中していた。

王太子の、成人前の国内視察。

これは代々、王太子が成人したときの恒例行事としてイヴァルトでおこなわれてきた行事である。

現在の国王も、かつて王太子時代に、国内のすべての領土を自分の目で見て確認し、成人の式典を迎えたのだそうだ。

イヴァルト王国の王太子、カール殿下は、メリッサより二歳年下である。王太子は今年十五となり、正式に騎士見習いとして城に登録され、来年、成人して正騎士となることが決まっている。

その騎士修業の合間を縫って成人前に国を回り、顔見せをおこなっていたらしい。

「王太子殿下の成人は、来年の夏でしたよね」

メリッサが問いかけると、ヒューバードは軽く頷いた。

「成人になると、殿下はすぐに二年ほど騎士としての実務経験のために軍に入隊することになる。その間、王太子としての公務はおこなわない。それがあるから、成人する前に、顔見せとして各地を回るんだ」

ため息交じりに母親譲りの黒髪を掻き上げながらヒューバードは語る。

国中の領地を回ることにはなっているが、王太子が宿泊する領地ははじめからある程度決まっている。メリッサは知らなかったが、代々辺境伯領は、最後の宿泊地として王太子を迎えることが決まっているらしい。

王太子自身から、簡単な挨拶と共に、派手なことを望んでいないと伝えられている。さらに成人前ということで、大々的な歓迎の宴などは催せない。

結果、招待客の人数を絞り、昼にガーデンパーティなどをおこなうことになるそうだ。

「……人数が絞られるなら、準備も少しは楽にできるでしょうか」

思わず義母にそう問いかけたメリッサは、その返答を聞く前に、義母の表情からその答えを得てしまった。

義母は、メリッサが見ていた手紙とは違うもう一通の手紙に視線を向け、ヒューバードそっくりな秀麗な表情を曇らせながら、僅かに首をひねっていたのだ。

「……難しいですね。むしろ、通常より手間取るでしょう」

義母の表情は、苦悩をそのまま表すような気鬱が表れている。いつも淡々と仕事をする義母らしくないその姿に、メリッサはその話を聞く前からどれだけの混乱が訪れるのかと震えそうだ。

「そもそも、王太子殿下がご滞在の領地は、伯爵位以上……それも歴史のある家が多い。さらには王太子殿下はまだご婚約の話も出ていません。となれば、王家の望みは王太子殿下と歳の合う、貴族子女との顔合わせでもあるのでしょう。殿下のお歳に合わせるとなれば、その子女はまだ社交を始めたばかりでしょうから、簡単に顔合わせをしておいて、気に入った令嬢がいれば、成人の儀式のときに開かれる王宮の祝宴に招く、といった流れでしょうか」

どうやら義母が見ていたのは、王妃陛下からのお言葉が書かれた手紙だったらしい。くれぐれもよろしくと書かれたその手紙を見て、ヒューバードと義母が、そっくりな青の目を眇めてため息を吐いた。

「それぞれの滞在場所に令嬢がいた場合は、もちろんその令嬢が顔合わせの相手となるが……うちのように、対象の令嬢がいない場合、近隣の領地の令嬢が殿下と顔を合わせるために大量に詰めかけてくる」

義母とヒューバードの言葉を聞き、メリッサにもその難しさが理解できた。

「……令嬢の宿泊も考えなければならないわけですか」

義母はメリッサの問いに静かに頷いた。

「当然ながら、当家で世話をすることになります。さらには、誰を選ぶのかというのも、問題です」

「……それは、誰が」

選ぶというのか。メリッサの問いに、義母はにっこりと微笑んで答えた。

「もちろん、あなたですよ、メリッサ」

その言葉を受け、メリッサの表情は固まった。

「殿下がこちらの領地にいらっしゃるまで、おそらく連日客人がクルースに訪れることでしょう。もちろん、その理由はわかりますね?」

「参加希望のご家族、でしょうか」

義母は、よくできましたとばかりに微笑みを浮かべて頷いた。

「ええ。今まで、この近隣の領地での付き合いは私がおこなっていましたが、今回はあなたに任せます」

メリッサは、思わず息を呑んだ。

「もちろん私も一緒に作業に当たりますが、今後のお付き合いのこともありますから。人選などは、あなたがおこなうのです。……今まで、私と学んできたことを遺憾なく発揮して、頑張りましょうね」

「……はい!」

いよいよ、メリッサも辺境伯夫人として、近隣領地との付き合いを学ぶのだ。これまでは、竜を最優先とされたメリッサが、辺境伯夫人の仕事を引き継いでいくために、最も重要なことだ。

身を引き締め、義母に答えたメリッサだったが、それを見ていたヒューバードは静かに視線をそらし、そっと頭を押さえていた。

「……母上。一応聞きますが」

ヒューバードが、視線を背けたまま問いかける。

「メリッサの滞在場所は、コーダでは……ありませんよね」

「コーダでは無理ですね。当然、クルースとなります」

メリッサは、目の前でおこなわれている会話の意味が理解できず、首を傾げた。しかし、ヒューバードが頭を抱えている意味を、経験豊富なハリーとヘレンは理解してしまったらしい。

二人揃ってヒューバードと同じ方向を見て、あ、とつぶやいた。

「メリッサがクルースに長期滞在するとして……客層から考えて、竜達はしばらくクルースには……」

そこまで言われて、さすがにメリッサも気がついた。

「立ち入り禁止ですね」

フギャァアアアァァ！

義母からの無情な宣言に、ヒューバード、ハリー、ヘレンの視線の先にある竜の庭から、悲痛な叫びが響き渡った。

青の竜は拗(す)ねていた。

わかりやすく、ふくれっ面で拗ねていた。

会議をいったん中断して、全員で叫びの上がった庭に出てみれば、そこには伏せてがりがり地面を削りながら上目遣いでヒューバードを睨んでいる青の竜が、屋敷のすぐ傍にいた。

その背後には白の女王と紫の竜がずらりと並んでいるが、こちらは白の女王をはじめとして、一応青の竜の傍にただ控えているだけらしい。

白の女王が微笑ましく見守っていることから、青の竜のこの態度がただ甘えているだけなのだというのはよくわかる。これが本格的な抗議なら、竜達すべての抗議の視線がこちらに向いていただろう。

青の竜は、時間外にやってくる臨時の馬車を見て、いやな予感を覚えていたらしい。それもあって執務室での会話をヒューバードとの繋(つな)がりを利用して聞いていたようで、メリッサがしばらくクルースに移動するのだと理解した瞬間、盛大な抗議をしてきたのだ。

しかも竜達が移動禁止と告げられて、盛大に拗ねてしまった。

もちろん、メリッサにも禁止の理由はわかる。これからクルースに来るのは竜に対して怯(おび)える（かもしれない）令嬢達であり、それを出迎えるためにメリッサは移動するのである。

まさか令嬢達をコーダまで呼ぶことはできないし、コーダに呼べたとしても、あまり大人数だと竜達が落ち着かないだろう。このコーダに、竜との付き合いに慣れているとは言いがたい女性を招くなんて、想像しただけで辺境伯家の全員どころか、街の人間達ですら真っ青になることだろう。

かといって、毎日メリッサがクルースへ通うのもかなり無理があるのだ。

まず、馬車を利用して行き来するのは不可能。コーダからクルースまで、馬車で休みなく走り続けて半日ほどかかる。早朝出発しても、到着は夕刻近くであり、その日の客の対応ができないことになる。

それより早い移動方法はヒューバードに白の女王で運んでもらうことになるが、竜騎士でもないメリッサが、毎日竜で休みなく移動するのは体力的に無茶だと義母は告げた。

「当たり前ですよ。メリッサはこれから、慣れない貴族の接待で精神的な疲労も蓄積することでしょう。精神的に苦しい状態のとき、さらに体力を使うことは避けるべきです」

「あの、でも、竜達の早朝の接待は……」

「それこそ、ヒューバードがおこなえばよいのです。……メリッサ、辺境伯とその夫人は、竜に対することは二人でしか補うことができないのです。妻であるあなたが接待できないなら、夫であるヒューバードがおこなうしかないのです。あなたひとりですべてを背負うことはありません。そのことにも慣れましょうね」

義母にそう告げられるとメリッサはもう反論することもできず、はい、と頷くしかない。

そうして義母は、青の竜の目を見つめながら、ゆっくりと告げた。

「青の竜にお願い申し上げます。二週間ほど、私にメリッサをお預けいただきたいのです」

青の竜は、その声掛けに、唸(うな)り声をぴたりと止めて、今までヒューバードに向けていた視線を義母に向けた。

「メリッサがこの地を守れるように、少しでも力をつけさせたい。そのための下地作りです。ご協力をお願いいたします」

ギュー……キキュ

先ほどまで、拗ねて睨みつけるようだった眼差(まなざ)しが、今は葛藤(かっとう)なのか悲しみなのか、潤んで揺れている。それを見ると、メリッサは思わず手を差し出し、青の竜を抱きしめたくなるが、それをぐっとこらえる。

キキュー

甘えた鳴き声でメリッサを呼ぶ青の竜は、次に放った義母の言葉を聞いた瞬間、その声をぴたりと止めた。

「……ご協力いただけるなら、立ち入り禁止は屋敷のみといたします」

ギュ？

義母の言葉を聞いて顔を上げた青の竜に、ヒューバードと同じような微笑みをうかべ、義母は青の竜に告げた。

「クルースの上空を見回りすることはできますわ。一日一度、お姿を見せていただければ、きっとメリッサも励みになりますから」

その義母の言葉を聞いた瞬間、青の竜の目はキラキラと輝きはじめた。

今も体は伏せたままなのに、メリッサに期待の眼差しを向け、喉からグルルグルルと音が聞こえる。それに応え、メリッサは青の竜のすぐ前に屈み、鼻先を撫でてやる。

「私も、青が空を飛んでいる姿を一日一度でも見られたら嬉しいし、とても安心できるわ。青、私がクルースで頑張るのを、空から応援してくれる？」

ギャーウ！

青の竜はようやく身を起こし、機嫌良さそうに庭の中央へと移動していった。それに付き従うようにその場に集まっていた上位竜達も、それぞれがお気に入りの場所へと移動していく。

その様子を目を細めて見送った義母は、つぶやくように息子夫婦に語りかけた。

「……もっと苦労するかと思っていましたが……青の竜も、大人になったのですね」

義母がゆったりと竜の庭を見渡しながらそう告げると、ヒューバードも似たような表情で白の女王のつぶやきを口にする。

「自分にもやることがあるのが、嬉しいようですよ。ついでだから、メリッサが危険な目に遭わないように、今度こそ馬車の通り道を見張るんだと紫達と相談しているようです」

そう聞いた瞬間、メリッサは若干表情を曇らせ、うつむいた。

それはもう一年以上前、青の竜が生まれたばかりの頃に起こった事件だった。

ヒューバードの兄が当主だった時代に辺境伯家の奥深くまで手を伸ばしていた密猟団によってメリッサが乗った馬車が強襲され、連れ去られたあの事件。生まれて間もない青の竜が、崖から落とされたメリッサをすんでのところで救ってくれた。あのとき、青の竜は、メリッサに背中を許し、小さな体でヒューバードが白の女王で辿り着くための時間の猶予を与えてくれたのだ。その僅かな時間が、メリッサの生死を分けたのだと、竜騎士ではないメリッサにもちゃんと理解できている。

青の竜はあのとき、傍付きをしていた紫の竜、現在は王弟であるオスカー殿下の騎竜として、紫の貴婦人と名付けられた紫の竜に、メリッサを救うように伝えることもできただろうに、自ら救うことを選択し、メリッサとの繋がりを作ったのだ。

あのときのことはもちろん忘れていないし、青の竜への感謝の思いと共に、密猟団への恐怖としてメリッサの体には刻まれている。

――メリッサは、間違いなくあのとき恐怖を感じていた。必死で竜達に感じ取られないように隠してはいたが、人と共にあることを選び、人の感情にも敏感な青の竜は、メリッサの恐怖に気づいていたのかもしれない。

「青は、私を攫った密猟者達のことを、まだ覚えているんでしょうか」

メリッサの、小さな声での問いかけに、ヒューバードはあっさり肯定した。

「覚えているだろうな。青の竜は、記憶を伝える竜だ。密猟者達の匂いもしっかり覚えているだろうし、いざとなれば密猟者達の仲間から親族まで、匂いで判別することもできるだろう」

その言葉に、メリッサの心に漠然とした不安が湧き上がった。

「青は……怖がったり、怯えたり……しないでしょうか。あのとき、青はまだ生まれたばかりでしたし、あのときの私の様子を覚えていて、恐怖を感じてなければいいんですが」

メリッサの感じているその不安に、ヒューバードは声の調子で気がついたらしい。いつもの微笑みを浮かべて、そっと頭に手を置いた。

「あのときの記憶は、青にとってはメリッサを助けることができた勇気の記憶だ。怯えたり、恐怖を感じたりしているはずもない。今回も、メリッサの移動にただついて行くだけだ。それはいつものことだろう？」

頭に乗せられた手が、優しくメリッサの髪を梳きながら、頭から降りてくる。

「青が恐れるようなことも、メリッサが怯えるようなことも、何もない。……それより、王太子の出迎えの用意をしっかり頼む」

ヒューバードの手の動きを、目を閉じて感じながら、メリッサは小さく頷いた。どれだけメリッサがあの日のことを気に病んでいたとしても、それが青の竜に伝わっていなければ構わない。そう心に刻み込んだメリッサは、笑顔でしっかりヒューバードの目を見て答えた。

「そちらはお任せください。お義母様もご一緒してくださるし、ずっと学んできたことのはじめての実践の場ですから。いわば初陣ですね！　腕が鳴ります」

「頼もしいな。じゃあ、頼もしいついでに、ひとつ頼む。……王太子の歓迎の行事で、当主夫婦がダンスをしなくてすむように、予定を立ててくれると助かる」

　ヒューバードが、義母に睨まれながら少し気まずそうに告げる。

　それについては、メリッサもしっかりと理解している。折を見て練習は重ねているが、相変わらずヒューバードはダンスを苦手としている。少しずつではあるが上達はしているので、参加した舞踏会で一曲踊る分にはそろそろ問題もないだろうが、家での行事にわざわざ苦手項目を設定する必要もないだろうと思うのだ。

「もちろんです。未成年のご令嬢も参加される会となれば、踊りが必要な舞踏会などは時間の問題で開けませんし、それならお茶会などにした方が無難かと。お義母様が竜の立ち入りを禁じられたのも、そうお考えだったのではありませんか？」

　メリッサが義母に視線を向けると、正解だと言わんばかりに微笑んだ義母が小さく頷いた。

　もし、竜の立ち入りが可能なら、青の竜はまず庭に居座る。コーダのように竜と人の場所がしっかりと黒鋼の柵で分かたれた場所とは違い、特に竜除けもない庭で、さらには青という最も上位の理性ある王竜とは言え野生竜が傍にいる状態で、平然とお茶を楽しめる令嬢は数少ない。

クルースで一番景色が良く、大人数が入れる広間は白の女王がいつも寝屋にしている庭に面しているし、ガーデンパーティのできる設備があるのは、よりにもよっていつも竜が離着陸している場所である。

本来、クルースは辺境伯領であっても、竜がそうそう降りてこない場所である。せいぜいが領主の騎竜、もしくは竜騎士が通りがかりに降りてくる程度の場所なのだ。

なにせクルースとコーダは、竜で移動できるなら四半時もかからず行き来できる距離だ。竜達は、このクルースで地上に降りるくらいなら、四半時かけて竜のねぐらへと飛び、自身の寝屋で羽を休める選択をする。

そして本来ならば辺境伯夫人も、馬車で移動してきた夫人を追いかけてくるような竜は夫の騎竜くらいであり、その騎竜は自身が夫人に会いたいときでもちゃんと背中に夫である辺境伯を乗せてくる。

しかしメリッサは別なのだ。

青の竜の代理親であるメリッサの元には、青の竜が確実に飛んで来てしまう。そしてその青の竜は、単体で移動することはほぼない。常に紫の竜が寄り添い、どこに行くにもついてくるのだ。

これは仲がいいからとかそういったことではなく、どうやら人で言うところの護衛と侍従を兼ねた傍付きであるらしい。

そのため、白の女王が青の竜と共に行動できるときは、紫の竜はついてこない。紫より上位の白がついていくのに、傍付きが必要になるようなことにはそうそうならないからだろう。

つまり、青の竜が行く場所には、白か紫かは確定ではないが確実にもう一頭竜が降りてくることになる。

そんな場所で、のんきにお茶会を開こうとは、さすがのメリッサも思わない。

「今回は、昼にガーデンパーティ形式での開催をと考えています。今の季節なら、クルースでも雨の日はほぼありませんので、問題ないかと思います。白の女王も庭には入れませんので、ヒューバード様にも馬車移動をお願いすることになるかと思うのですが……」

「その辺は心配ない。街の外にも竜の離着陸場があるので、そこまで馬車の迎えを出してもらえば大丈夫だ」

メリッサは、それを聞いて頷いた。

「メリッサ、よろしく頼む」

「はい、お任せください！」

そうしてメリッサは、義母と共に竜と辺境伯邸の使用人達に見送られ、馬車でクルースへと旅立った。

馬車の上空には、ずっと青の竜がついてきており、それこそクルースの街の門が見える場所まで、しっかりと見送られていたらしい。

　のちほど、青の竜の姿を目にした門番からの報告書が屋敷に届き、メリッサは思わずその報告書を胸に抱き、青の竜への感謝の言葉を小さく紡いだ。


「お帰りなさいませ、奥様、大奥様」

　クルースの屋敷を取り仕切る若い執事を筆頭に、コーダよりもずいぶん若々しい使用人達がずらりと並んで馬車を降りた義母とメリッサを出迎える。

　こちらの屋敷は、辺境伯家の使用人達にとって、修練の場でもある。ここで一定の技術を身につけてから、王都の屋敷へと配属になるか、それとも辺境コーダに勤めることになるのかを決めることになるらしい。

　ここを仕切るのは、コーダの執事ハリーと侍女長ヘレンの長男アレク。ヒューバードの乳兄弟（ちきょうだい）である。

　母親譲りの栗毛（くりげ）と、父親そっくりな目元の持ち主であるアレクは、若いながらしっかりとクルースの辺境伯家をまとめており、すでにコーダでも勤められるだけの実力があると聞いている。

　さすが乳兄弟だけあって、昔からヒューバードの傍にいてコーダで竜に慣れているのかと思えば、そうではないらしい。ヒューバードは昔から竜の庭の中で育っていたし、アレクの方はクルースにいたために、実際に共に過ごしたのは執事見習いとなり、竜に慣れるためにコーダに滞在した間だけらしい。

ちなみにこのアレクこそが、今回クルースの屋敷で王太子を迎えるに当たって、メリッサが最も頼りにするべき人物である。すでに食材の手配や食器類、当日使う予定のテーブルや椅子などはアレクが手配を済ませ、確認を終えて、メリッサの承認を待つばかりになっているらしい。

つまりメリッサは、あとは招待客を選別することだけに気を配ればいい状況だ。

そんな状態のクルースに到着したメリッサを待ち構えていたのは、すでに山と積まれていた令嬢がいる貴族家からの挨拶状だった。

「内容はみな、今後の誼を願うものと、ご令嬢の社交界デビューを当家で願う内容となっております」

一度封を開け、中を確認して内容から選別しておいてくれたらしいものが文箱ふたつ分、いつも義母が使っている執務室に置かれていた。

「それからこちらは、奥様のご友人方からです」

そう告げて、別の文箱から五通が手渡された。

義母にも同様に封書が渡され、それぞれ内容を確認する。

真っ先に確認した手紙は、竜のねぐらから流れ出る川に繋がる河口が傍にある、リッティアの領主夫人シャーリーからのものだ。

メリッサは、友人が少ない。王宮にいたときから竜の傍にいたメリッサには、そもそも少女達が近寄ってこなかった。そんなメリッサが辺境伯家に来てからできたはじめての人間の友人がシャーリーだった。

その手紙にざっと目を通したメリッサは、書かれた内容に思わず表情がほころんだ。

「……リッティア夫人が、懐妊したそうです」

「まあ。それなら、お祝いの用意をしないといけませんね」

義母も、手紙から視線を外してメリッサに答えた。

「辺境伯領では、子供が生まれるときのお祝いは何を用意するんでしょうか？」

今まで、適齢期の若い女性がいない街にいたメリッサは、その手の話題は接したことがなかった。

そのため、義母に尋ねたのだが、義母がその疑問に答えるべく視線を向けたのは、待機しているアレクだった。

そのアレクは、どうやら妻がちょうど出産を控えており、その手の祝いがたくさん届いているところなのだそうだ。

「そうですね、こちらでは琥珀(こはく)の竜鱗(りゅうりん)細工か刺繍(ししゅう)が施されたおくるみでしょうか。身近な相手、例えば兄弟や親、親しい友人は、直接必要なものを聞いて用意することが多いですね」

「その刺繍は、柄などに決まりはあるんですか？」

アレクはその疑問に、一瞬悩んだように視線を彷徨（さまよ）わせたあと、口を開いた。

「特に決まりは、というか、作るときに人数を集めてそれぞれ好きに小さな図案の刺繍を入れていくものだそうで、妻に贈られたものは小花がたくさん刺繍されたおくるみとショールでしたよ」

義母とアレクが、手を止めることなく手紙を捌（さば）きながら答えてくれているのを見たメリッサは、自身もひとまずシャーリーへのお祝いについては置いておき、じっくりと読むのはあとにしてさっと目を通すことにした。

そして、思わず首を傾げるような文章を発見したのである。

「……あの、お義母様。リッティア夫人が、お付き合いのある家から私に紹介を頼まれたのだそうです」

「そう……。それはリッティアの関係かしら。それともご実家ゆかりの方？」

「ご実家の縁者で、メノー川流域に領地のある方だそうです」

メノー川というのは、この国に三本流れる大河のうち、最も辺境伯領に近い場所を流れる川である。

メリッサがその家名を伝えると、義母はすぐに執務机に置かれていた貴族名鑑を開いて、頁（ページ）

を確認した。

「……この家なら、招待しても大丈夫そうですね」

義母がそう告げて招待候補に名前を書き記す。

招待状を送るための基準は決まっている。最低限、淑女教育ができているはずの家であることだ。

今回は王太子殿下との顔合わせもあり、礼儀作法と両親の人柄などを義母とメリッサの人脈を使って調べていく。

今回のシャーリーの紹介は、シャーリーの実家からのものだったが、もともとシャーリーの実家とリッティア家は古くから付き合いがあり、その紹介した家も両方と付き合いがある家だったようだ。

その後、シャーリーに紹介されて文通している三人の令嬢からも似たような紹介があり、義母と共に家を確認しながら作業を進めていく。

当然、一山が片付けば次の一山とどんどん運び込まれる封書はきりがなく、メリッサはひとまず誘うことが決定した相手にご挨拶の手紙を書いていく。

これは確かに、毎日通って処理するのは大変すぎる。たとえ白の女王でヒューバードが毎日迎えに来てくれて、白の女王の背中に乗ろうとしても、縋(すが)りつく気力もなさそうだった。

義母はこれまで、この大変な作業をひとりでこなしていたのだ。そう考えると自然と頭が垂れる。

「招待状の方は、どうなっていますか？」

「ほぼ書き終わり、あとはヒューバード様の署名をいただくだけとなっています。明日の午前の便で、コーダに送ります」

それを聞き、メリッサは本当にここの使用人達が客人を迎えることに慣れていることを感じて、アレクに声を掛けた。

「皆さん、慣れてらっしゃるんですね」

何に慣れているかというと、主人がコーダで仕事をしていることについてだ。コーダで身動きが取れなくても、ここの使用人達は伝えられた僅かな指令で動くことに慣れている。

「それは勤めるときに最初に教わりますので。代々ウィングリフ家の当主は竜対策には最強の存在ですが、人相手には腕っ節しか自信がない人々なので、当主がいざ動くときにはすべて終わらせておけるくらいの使用人がここには必要なのだと。そんな使用人の統括は、常に奥様方が担っておられます」

にっこりと微笑まれ、メリッサは思わず顔をこわばらせた。

「これからも皆さまが存分に働けるよう、がんばります」

カチコチになってそう答えるメリッサに、アレクと義母はくすりと笑いながら顔を見合わせた。

「ほどほどにどうぞ。主人の話と共に、こうとも伝わっておりますので。竜が選ぶ奥様方は、もれなく働き者で休息を忘れがちになる。それをうまく息抜きさせるのも、使用人の務めだと。メリッサ様も、どうやらそちらの方のようですね。さすが白の女王に選ばれた方です」

「私もこちらにいると、常にお茶がワゴンに載って追いかけてくるの。今もそこにあるでしょう?」

義母の視線の先を辿ってみれば、確かにそこにワゴンがある。

そのセットは、小さなコンロと火種も構えた、その場でお湯を沸かせる機構のあるティーセットだ。

王宮では、庭などお湯の冷めやすい場所などで使われるために使用方法を学んだが、ここでは奥様を追いかけるワゴンとして活躍しているらしい。

いつでもどこでも休憩をどうぞとばかりに、傍にワゴンと侍女がいるのだという。

「私は、室内でゆっくりお茶を飲んでいるより、外に出て竜の顔を見ている方がよっぽど休憩になるのだけど……」

「わ、私もです!」

義母の言葉に、メリッサもおおいに頷き賛同した。

しかし次の瞬間、義母の表情に僅かな陰りが見え、思わずそれ以上の口をつぐむ。

「でも……どれだけ見ていても、今はもう、私だけの花畑は飛んでいない」

寂しさを瞳(ひとみ)に滲(にじ)ませた義母は、小さくつぶやく。

義母の花畑、その言葉が示す存在について、メリッサは義母が聞かせてくれた話を思い起こしていた。

『……春に萌(も)え出る若芽のような鮮やかな色合いに、前後の足に所々目の色と同じ紫の斑点がある、まるで空飛ぶ花畑のようななかわいらしい竜でした』

それは、ヒューバードの父である、先々代の辺境伯の騎竜について、義母が語った言葉だった。

義母を自身の騎士の花嫁と定め、自ら花を一枝咥(くわ)えて会いに来ていた、優しい緑の竜。

「……一度、お目にかかりたかったです。お義父(とう)様にも、騎竜の緑にも」

「私も、会わせたかったわ。白の女王が選んだあなたを見せたかったし、あの子をあなたに紹介したかった」

義母はそう告げると、胸元に手を当て、少しだけ祈るように目を閉じた。

「さて、そろそろ仕事を再開しましょうか」

義母の微笑みでその会話は打ち切られ、再び手紙を読む作業を開始する。

その日はひとまず、今日までに届いたすべての手紙を確認して、仕事を終えたのだった。

翌日からは、直接会いに来た人々との面会で、日々が過ぎていく。

今日は結婚式のときにも来てくれていた老夫婦で、メリッサは結婚式参列のお礼を伝えて、本題に入った。

「そろそろ孫娘の婚約者を決めねばなりませんからな」

「ですけど、王太子殿下のお目にとまろうとは考えておりませんの」

穏やかな初老の夫婦は、そう言って互いに笑い合っていた。

「もし叶うなら、王都の貴族に繋がりを持ち、孫を花嫁修業がてら、侍女見習いとして雇っていただける家があればと思いましてね」

この夫婦は、クルースの隣に小さな領地を持つ男爵家の当主だ。広大な農地で、竜達のおやつになる野菜を育ててくれている。主産業は農業であり、小麦を主に作っている。竜達のおやつは祖父の代から辺境伯家に頼まれて作ってくれていると、用意されていた資料に書かれていた。

「王太子殿下の護衛や侍従との繋がりを……ですか」

結局この老夫婦の場合は、孫娘自身は参加せず、老婦人とその孫の母親が参加するとのことだった。

この日は三組ほど似たような訪問があり、結局令嬢本人が参加する家はなかった。

「……ご令嬢は集まらないものなのですね」

最後の客人を見送りながら、メリッサは思わずといったふうにつぶやく。

メリッサとしては逆に不思議なくらいだったが、義母から聞けばそれにもちゃんと理由があった。

「この近くは、基本王都から遠く離れていますし、元々上昇志向の家はありません。王族に取り入ろうとするような家自体が少ないのですよ。稀に上昇志向のある子供が生まれることもありますが、そうなるとみな、職を求めて王都に向かいますから」

義母の穏やかな声に重なるように、遠くの空から竜の鳴き声が響いてくる。

「ああ、青が来たようですね。メリッサは青に挨拶をしたら、休憩の時間ですよ」

にこやかな義母に肩を軽く叩かれ、送り出されたメリッサは、庭に出て空を見上げる。

ここに到着した翌日から、毎日昼少しすぎた頃に青の竜は姿を見せていた。そのため、青の竜が姿を見せたらメリッサは休憩に入るという習慣がすでにできつつある。

ギャウウゥウゥ！

メリッサが出てきたのが空から見えたのか、はるか上空で青の竜が元気良く鳴いている。それに手を振って応えると、青の竜は嬉しそうにそこでしばらく旋回し、もう一度鳴いてから、再びコーダに向かって飛んでいった。

よく考えれば、普段ならばメリッサの傍には青の竜との絆を持つヒューバードがおり、その目からメリッサの様子を知ることができる。それを考えれば、青の竜はきっともどかしい思いを抱えていることだろう。今の青の竜にとってはこの毎日一回だけがメリッサの様子を知る機会となるのだ。顔を見ただけで大喜びでくるくる旋回しはじめる青の竜が健気に感じる。

今はヒューバードも青の竜も傍にいないのだとあらためて強く感じたメリッサは、突然襲ってきた心細さに思わず我が身を抱きしめる。

少しでも早く終わらせたいとは思っていても、肝心の王太子が来るまであと二週間ほど。それを考えた瞬間、零れそうになったため息をぐっと呑み込み、さみしがっている場合ではないと顔をぺちぺちと叩いて気合いを入れた。

翌日もまた、客を迎える。

この辺境伯家で、ここまで客を迎える日々はなかなかないだろう。今日はとある子爵家の夫人と令嬢の二人が、挨拶に訪れていた。

結婚式のときは当主だけが参加していて二人は来ていなかったため、わざわざメリッサに挨拶に来たらしい。そのため今回義母は同席せず、辺境伯家に嫁いではじめて、メリッサ単体での応対となっている。

どちらも華やかな訪問着で、母親は緑の光沢ある生地を使用したドレスを、そして令嬢の方は夕焼け色の、装飾が多いドレスを身にまとっている。両方、同じ色合いの竜がいたなと頭の中にその竜達の顔を思い浮かべ、あらためて現在この場所を竜の立ち入り禁止にした義母の英断に心から感謝した。

元々、竜達の中でも数の多い緑と琥珀は、その色の幅が大きく、思いっきり人気となるドレスの色とかぶるのだ。男性は最悪、黒などの絶対に竜達に存在しない色を使用してもおかしなことにはならないが、女性のドレスはそうはいかない。青系統はもちろん、空の色はすべてだめ。白はだめ、紫もだめ、緑は淡いものから濃い色まですべてだめ、琥珀は茶色系統から朱色まですべてだめ。もちろんその中には黄色も含まれており、鮮やかな黄色など、一番竜達が取り合う色となる。しかもこの母娘のように宝石もきらびやかに使用したり装飾品を身にまとってこられたら、馬車から一歩も出せないことになるだろう。

純粋なピンクならいけるが、その色合いは大変年齢を選ぶ色だ。

深紅も今まではいなかったが、今はどうだかわからない。紫の竜の一頭が、イヴァルトのねぐら以外の場所での最後の一頭となり、赤く染まった体で辺境の竜達に合流しているからだ。竜達の視線から見れば、赤には見えずずっと紫だったようだが、それでもあの竜にとって、赤は大切な色ということに変わりはないように思える。

ある意味、辺境伯家は王家より禁色が多い。それに合わせる客人は、それは大変なことだろう。だからこそ、このクルースという少しねぐらから離れた場所に、辺境伯家の別邸を造り、こちらで人を迎えるようになったのだから。

しかし、緑と琥珀系は、この家に着てきては危険だということぐらいはわかっていてほしかったと思う。今でこそ青の竜がいて、立ち入りを禁じることが成功したとはいえ、日頃（ひごろ）はここまできっちりと禁止などできないのだ。

笑顔で応対はしていたが、この母親の方の、まるで値踏みでもするかのような視線を受け、ひたすら疲労していたメリッサは、ようやく話の終わりが見えてきたことで少しだけ油断していたのかもしれない。

今年十五の令嬢は、大変大人しく母親の隣に座ってにこにこ笑っていたが、ではそろそろ、と母が立ち上がろうとした瞬間、突然口を開いた。

「お母様、お待ちになって！　わたくし、辺境伯夫人にお伺いしたいことがございますの！」

つい先ほどまで、まったく会話に加わることなく座っているだけだった令嬢の突然の変化に、メリッサが反応する間もなかった。

目をキラキラさせながら、母の制止の言葉も聞かずに身を乗り出し、令嬢はメリッサに問いかけた。

「私、王宮で女官として勤めたいのですわ。辺境伯夫人は王宮でお勤めだったと伺いましたの。どのようにすれば、女官の職を得られますかしら」

令嬢が笑顔で質問すると、なぜか今にも帰るために立ち上がろうとしていた母は再び腰を下ろし、娘の前に手をかざして苦笑しながらメリッサに頭を下げた。

「これっ！　申し訳ございません、どうか娘の言葉は捨て置きくださいませ」

ほほほと口元を押さえながら笑っている母親だが、どう考えても本気で娘を諫めている様子はない。そんな止める気などなさそうな母親の言葉を聞いた娘は、むっとしたように唇を尖らせて、拗ねたように母に言い募る。

「そんなっ！　わたくし辺境伯夫人にお目にかかれたら、絶対に伺おうと思っていましたのに！」

突然なにごとがはじまったのかと笑顔のまま固まっていたメリッサは、しばらく繰り広げられる母娘の会話が一瞬止まったのを聞き逃すことなく、質問の答えを口にした。

「王宮で女官の職を得るためには、二通りの方法があります。ひとつは、王宮侍女として勤めながら、上官の推薦を得て試験を受ける方法。もうひとつは、官僚試験を突破する方法です。官僚試験には女官の募集枠もありますのでそれを利用しますが、それを突破できる方は毎年多くてひとりか二人ですね」

それを聞いた瞬間、目の前の母娘は完全に固まっていた。

答えを紡ぐメリッサの表情はまったくの平静であり、先ほどまでのにこやかな応対ではなく、淡々と事実を述べている。その表情は真剣そのものであり、たった今まで周囲をはばかることなく繰り出されていた親子の会話を凍り付かせた。

「侍女が上官の推薦を受けるには、最低勤務年数三年以上、かつ、王宮内の三部署以上での勤務実績があること。その条件を満たしてようやく推薦をいただき、侍女長の面接を経て、試験となっています。部屋、部署付きの侍女達なら、部署の変更が一年に一度ありますから、こちらの条件は最も短い年数での理想ですね。実際は、勤務年数が五年から十年の方が、女官の枠が空いたときに声を掛けられて、というのが多かったように思います」

「えっ、あ、その……部署?」

固まっていた令嬢が、なんとか口を開いたあとに絞り出した質問がそれだった。

「本宮や離宮、別邸など、宮殿ごとにそれぞれの部屋を専門に受け持つ部署や、王族に直接お仕えする方々をお手伝いする部署など、いろいろあります。女官を目指されるなら、まずどこかのお家で侍女見習いとしてお勤めし、その家で侍女として認められてから推薦をいただいて、王宮侍女の試験を受けるのがいいと思いますよ。王宮侍女として勤めている間に、女官になるために必要な知識も教えていただけますから」

「し、しけん……?」

なぜか顔色を青くした令嬢は、不安そうにメリッサを見つめていた。

「侍女になるにしても女官になるにしても、試験はあります。女官の試験は、男性の官僚試験と同じ内容で、筆記試験、面接試験ともに、同じ合格点が必要なのだそうです。元々学者の家系のご令嬢や、幼い頃から女官を目指し、勉学に励んだ方が受験していらっしゃるので、皆さまとても聡明で頭脳明晰な方々でした。何の素地もなく、今からその方々と共に試験を受けて突破できるかと言われると、難しいと言わざるを得ません」

王宮で働いている中で、若い女官はだいたいこちらの試験組だった。背筋を伸ばし、女官用のお仕着せを身にまとい、王宮各所でキビキビと働いている姿は、侍女見習いとして働いていたメリッサから見ても大変凛々しかったと、微笑みながら思い出に浸る。

「そ、その試験は、辺境伯夫人も受けられたのですか？」

震える声で令嬢に問われ、メリッサは笑顔のまま、はい、とはっきり答えた。

「侍女見習いとして十三の歳から勤めておりましたので、十六になる直前に侍女の資格を得ました」

「で、では、侍女の資格の方は、それほど難しいものでもないのですね……」

「あ、いえ、受ける試験自体は、他家の侍女の方々が受けに来る試験と同じものですから、難しいか難しくないかと問われると……」

試験とは、王宮侍女が知っていてしかるべき知識を問うものだ。他家で侍女として学んだこともちろん必要だが、王宮侍女の場合それに王宮ならでは、王族の住まう場所ならではの知識を問われる。

どちらも、学んでいるのが当然のことなので、それを難しいと考えるのは違うような気がした。

「そ、それじゃあ、娘は侍女見習いとしてなら、王宮に勤めることはできるのですよね⁉」

なぜか先ほど娘を諫めていた母親の方が身を乗り出してくる。メリッサが説明していた間悪かった顔色は若干良くなったようだが、あきらかにうわずった声から母親の焦りのようなものを感じた。

メリッサはそれを内心不思議に思いながら、申し訳なさそうにただ真実だけを口にした。

「私が王宮侍女の見習いとなれたのは、私の両親が平民でありながら王宮に勤める職人だったからかと。王宮勤め、それも王宮住まいの職人の家族は特例がありまして……身元の保証人が必要ないのです」

「……身元の保証人？」

「私の両親は、二人とも王宮内で働いているため、身元調査はすでに完了していたのです。つまり、その両親の元に、王宮で生まれ育った私の身元は、王宮で保証されているのです。私は王宮育ちの特例として、侍女となるか料理人となるかを十三歳で選択することが可能でした。ですから、普通の手順としては、生まれた家以外の、王宮に役職をお持ちの王侯貴族からの推薦状と身元の保証が必要になるんです。それがない場合、下働きくらいでしか、王宮には勤められないかと思います」

基本的に、王宮生まれの子供達は、親の跡を継ぐか侍従、または侍女となるならば、そのまま王宮に住みながら修業させてもらえる。それ以外の選択肢を選ぶなら、十三歳で王宮を退去することになる。

王宮生まれの子供達は、もれなく親が王宮から簡単に外に出られない職業の子供達である。

つまり、うかつに外に家を持たれると王宮の安全に関わるような家業の子供達ということだ。地図職人、武具の開発をおこなう鍛冶（かじ）職人、薬師に宮廷医官。城大工と王族に直接仕える侍従や侍女、そして母のように食に関わる職人が代表的な職である。彼らを親として持ち、城で生まれた子供達は、親がその職に就いているかぎりみんな王宮で育ち、十三でそれぞれの職を選ぶ。

当然ながら、彼らは城を出ると、それ以降は王宮には足を踏み入れられない。そのため、子供達は提示された職業をそのまま選ぶことが多い。

目の前の母娘が揃って青い顔で落ち込んでいるのをどうすればいいのかと思いながら、今現在この令嬢が女官になれるだろう方法を口にする。

「今まで官僚試験対策の勉強をしたことがないのなら、侍女見習いから始め、王宮に侍女としてお勤めすることを目指すのがよいかと。ただ、この機会にまず官僚試験を受けた方にお話を伺ってみてはいかがでしょうか。そうすれば、女官になるためにどのような知識が必要なのか、わかるかと思います。それから、侍女仕えをする家を探すなり家庭教師をつけるなりの、試験対策もできるでしょうから」

メリッサがにっこり微笑むと、目の前の母娘はゆるゆると顔を上げ、打ちひしがれたような表情でメリッサに視線を向けた。

「王太子殿下の側近となられるほどの方々なら、確実に官僚試験を受けていらっしゃる方がいるはずです。その方から直接お話を伺えば、どれだけの知識がどれほど必要なのかはわかりやすいと思います。あいにく私は、官僚試験の方はお伝えできることはあまりなくて。お茶会にご出席いただけたら、そちらにご紹介することはできるかと思います」

あくまで紹介のみで、女官になれるわけではないが、試験の厳しさくらいは見当がつくだろう。メリッサはそう結論づけ、話を締めくくった。

「そ、そうですわね、ありがとうございました……」

そのまま、母娘は青い顔のまま、どこか悄然とした様子で、来たときの自信満々な様子とは正反対の足取りで退出していく。

母娘の領地はここから二時間ほどの距離にあるので、今日は宿泊せずに帰るらしい。その馬車を見送ったあと、義母の元へと向かい、たった今見送った母娘との会話内容を報告した。

「あの方はもう十五ということですから、今から最速の手法として侍女見習いをとお伝えしたのですが……侍女はご不満だったようです」

メリッサが苦笑しながら告げると、義母は無表情のまま、小さくため息を吐いた。

「……あそこの奥様は、昔から変わりませんね。きっとそれは、あなたが平民出身の侍女であると聞き、侮っていたのでしょう」

考えもしなかった答えに、メリッサは目を瞬いた。

「平民出身のあなたでも王宮侍女になれるのなら、もとより貴族の令嬢として育てられた娘なら、女官になれるとでも思ったのでしょう。……王宮女官の試験の厳しさは、男性の官僚試験以上の狭き門だと知らなかったのでしょうね」

「私は、王宮侍女の資格を持ってはいますけど、正規の侍女としては働いていないので、詳しくはありませんが……。女官は試験を受ける方の数も少ないですが、合格者となるともっと少ないですよね。対象者なしとなることの方が多いと伺いました」

義母は、それを聞いて苦笑すると、アレクが入れたお茶を口に含んだ。

「あなたは、当家に勤めたことで、身元の保証や貴族の推薦に関しても問題なくなりました。ですから、たとえヒューバードと結婚することなく侍女として勤めていたとしても、王宮侍女となる資格をまだ維持していたでしょう。……最も、王弟オスカー殿下の義娘となった今は、あなたは王宮で専任の王宮侍女に仕えられる立場ですから、さすがにもう侍女となることはできないでしょうが」

「そうでした……」

王宮には辺境伯家に来たあとにも二度ほど滞在したが、基本的にメリッサの居場所は辺境伯家の王都屋敷か青の竜の寝屋だった。

そのどちらでも、基本的に青の竜に見守られていたので、王宮侍女はメリッサの傍には近寄ってこなかった。そのためすっかり忘れてしまいそうだったが、王族としては扱われずとも、義子となったなら、王族に準ずる扱いをされる。

王宮侍女として学んだことではあるが、自分がそうなるなど一切考えたことがなかった。

「さて、そろそろまた手紙に向き合いましょうか」

義母の言葉に、メリッサも若干疲れが見える笑顔を浮かべる。

「また追加が届いています。今、アレクが侍従達と一緒に封を開けているのだけど、完了したかしら」

「きりがありませんね……」

「我が家が主催する茶会も晩餐会も、しばらくぶりですし、うちは竜次第なところがあるから。たまに確実に開かれるこういう機会に、顔を繋ごうと一斉に動きはじめるのよ。もっと頻繁に開ければいいのだけれど、今までは落ち着かなかったから……」

「では、今回のことを契機に、せめて春と秋くらいにお茶会ができればいいですね」

本来、社交は貴族の妻の仕事だ。つまりメリッサがおこなうべき仕事のひとつ。これまではヒューバードや義母に甘えてしなくてもよかったことも、少しずつだが慣れていかなければ。

そう覚悟を決めたメリッサは、あらためて今回の作業に真摯に向き合うために、義母と共に手紙の山が待つ執務室へと移動した。

執務室に戻り、扉を開けると、その場にいたアレクが笑顔で二人を待っていた。

「お帰りなさいませ、奥様、大奥様。お待ちかねのお手紙が届いております！」

思わず義母と顔を見合わせ、はっと気づく。

室内に入り、机の上に視線を向けると、一枚の封書が恭しく天鵞絨（ビロード）張りの文箱に入れられている。

義母が手に取り、紋章を確認すると、すぐさま封を開けた。

「……殿下が、前の滞在地を無事に出立したそうです。こちらへの到着は、十日後の予定です」

王太子殿下の一行はあちこちの領地に立ち寄りながらの旅路で、日数がかかるらしい。現在地は国を流れる三本の大河のうち、辺境に最も近い川を渡った場所あたりらしい。

アレクが自身が使っている机の上から紙を取り出し、その内容を報告する。

「三河川とも、このひと月雨はまったく降っていないそうです。これなら予定通り移動が可能かと」

アレクの言葉に、義母とメリッサは王宮からの手紙を覗き込んだ。

「先触れとして、到着三日前に近衛（このえ）騎士がおひとり、騎馬で先行するそうです」

「では、その方が到着するまでにはすべての支度を終わらせておかないといけませんね」

受け取った手紙を保管するようにアレクに命じながら、義母はメリッサに向き直った。

「ヒューバードが署名した招待状は、帰ってきていますか？」

「はい。私も署名を入れましたので、あとは宛名を書くために侍従に任せました」

「では、今まで手紙と面会で出席が確認できた方々から、席次を決めましょうか」

会場は、庭に面した一番広い広間を使うことが決まっている。王太子を含め、宿泊が決まっている客人の宿泊場所もすでに侍女達が整えているため、あとは先触れが来る前にもう一度確認をおこなえばいい。

食器と布製品はすでに確認も終わっており、当日すぐに使えるようになっている。

あとは当日から一週間ほどの生鮮品の入手については、先日から面会していたいくつかの家と、いつも辺境伯家に出入りしている商人達に予定数を揃えてもらうことになる。これに関しては、当日の入荷状況によって変動があるだろうが、それは当日を迎えてみないとわからない。

辺境伯家の使用人達なら、なんとかしてくれると信じるしかない。

「ヒューバード様にお知らせするために、コーダに早馬を出しますか？」

アレクからの問いかけに、義母は首を振った。

「通常の便で構わないでしょう。日付が決まったと知らせるだけです」

素早く義母がヒューバードに送るための手紙をしたためはじめたのを見ながら、ふと、メリッサは窓の外に視線を向けた。

「……お義母様」

視線を窓に向けたままのメリッサを見て、義母はメリッサが何を言いたいのか理解したらしい。

「ああ、そろそろ青がくる時間ですね。あなたは青に顔を見せてあげなさい」

「いえ、そうではなく……あ、違いはしないんですが！　時間は確かに青がくる時間なんですが！　……青に伝えたら、ヒューバード様にはすぐに伝わるんじゃないかと」

メリッサがしどろもどろになりながらそう口にした途端、外からは元気の良い竜の鳴き声が響き渡った。

「確かにそうですね。……一応書状でも送りますが」

義母も窓の外に視線を向けながらつぶやくと、慌てたようにアレクが止めた。

「お待ちください！　さすがにあんな上空を飛ぶ竜に伝えるなら、大声になりますよね？　外には客人がいるかもしれないので、あまり大きな声で竜を呼ばれては……」

「大丈夫ですよ。青ならおそらく、外で呼びかけさえすれば、メリッサがどんな小さな声を出そうと聞いているはずです。そうですよね、メリッサ」

「はい！」

メリッサは、満面の笑顔で力強く頷いた。

「青、私の声、聞こえる？　聞こえるなら、ちょっと滞空してくれるかしら」

メリッサが執務室の窓を開け放ち、そこで普通の声でそう告げると、はるか上空で青の竜はメリッサの方を向き、その場で大きく羽ばたき、滞空体勢になった。

それを見たアレクは、ぽかんと口を開け、固まった。

「青、いい子ね。私達がずっと待っていたお客様が、今日から十日後にここに到着する予定なの。これを、ヒューバード様に伝えてくれる？」

ギュオォォォ！

嬉しそうな鳴き声は、その客が来ればメリッサがコーダに帰ることを、青の竜も理解しているからだろう。

今の言葉があきらかに伝わったことをアレクも感じ取ったのか、今までずっと冷静だったアレクの表情は、ひたすら驚愕で固まっていた。

しかし、メリッサや義母にとっては、ごく当たり前といえることのため、さほど驚きはしていない。ただ、青の竜が大喜びで旋回を始めたのを微笑ましく見守ったのだった。

その日の夜明け前。いつものように目覚め、ため息を吐きながらもう一度寝具にもぐり込み、目を閉じた瞬間、微かな音を耳が拾い、大きく目を見開いた。

このクルースで聞こえるはずがない、竜の鳴き声が聞こえた気がしたのだ。

「……白？」

判断できるほど響いていたわけではないはずなのに、微かに耳に残るその音の残滓が、白の女王が自分を呼ぶときの声のように感じたのだ。

メリッサは寝台から出て薄手のストールを肩に羽織ると、そっと窓を開けて外をうかがった。

次の瞬間。急に正面に影が差し、体を拘束され、驚きに息が止まった。

しっかりと抱きすくめられ、顔も上げられない状態だが、メリッサはその腕の中で涙が出そうなほどに安堵を覚える自分の体の反応で、その腕が誰のものだかを理解していた。

「……ヒューバード様？」

「……メリッサ、会いたかった」

吐息と共に耳元でそう告げられ、メリッサは思わず頬を染めた。

この辺境に来てからずっと傍にいてくれたヒューバードだが、こうして耳元で囁かれるのは何度聞いても慣れることなく頬が熱くなる。

だがしかし、それ以上に、なぜここにヒューバードがいるのかと首を傾げた。

「あ、あの、まだ、殿下はいらっしゃいませんよ」

「ああ、わかってる」

メリッサは、自分を抱きしめているヒューバードの腕の隙間からようやく首を出し、周囲に視線を向けた。

「白もいるんですか？」

「もちろん。上だ」

その言葉に、それほど自由にならない頭を必死で伸ばし、上に視線を向けると、屋根の上より高い場所で、音もなく滞空姿勢で二人を見守る白の女王と視線が合った。

白の女王は、自らの騎士とその妻の様子を、ゆったり微笑みながら見守っている。どこか満足そうに見えるのは、メリッサの気のせいだろうか。

そうしてぼんやり上を見ていたメリッサは、顔に手を添えられ視線をヒューバードの方に修正された。上からゆっくりとヒューバードの唇が降ってくるのを目を閉じ受け止めると、何度も角度を変え、降り注ぐという言葉が相応しいほど、口づけられた。

「……いるはずの場所に、メリッサがいないのは、けっこう堪えたんだ」

「ヒューバード様？」

「竜達も騒がしいが、それ以上に、私が落ち着かなかったんだ。朝、目覚めてまずメリッサの寝顔を見て訓練して、メリッサが竜の庭で竜達と過ごしている様子を見る。これができないのが、物足りない感じがしてな」

そう言われて、メリッサはただでさえ火照っていた頬が、火がついたように熱くなってしまった。

「ヒューバード様、寝顔を見てらしたんですか……。やだ、私、変な顔で寝てませんでしたか」

もし涎が出ている顔なんか見られていたら、はずかしくてもう同じベッドで大人しく眠ってなどいられない。思わず口元を隠したメリッサを見ていたヒューバードは、それは楽しそうに小さな声で笑った。

「メリッサの寝顔なら、まぶたに焼き付くほど毎日見ていた。小さな頃、私の膝の上で寝ていた頃から変わらない寝顔だったよ」

「うう……」

メリッサは、上目遣いでヒューバードを軽く睨んでいたが、ヒューバードはそれすらも楽しそうにメリッサを閉じ込めた腕に力を込めた。

「青から、十日後に王太子が到着すると聞いた」

青の竜は、ちゃんと伝言してくれたらしい。もしかして、詳細も聞きたかったのかと思い、メリッサは温かなヒューバードから体を僅かに離して顔を見上げた。

「あの、詳細とこれからの計画については、お義母様が通常便でお手紙をちゃんと出してますよ？」

「ああ、わかってる」

「じゃあ、どんなご用でここまでいらしたんですか？」

そう問われたヒューバードは、穏やかな表情のまま、再び少し離れたメリッサを腕に抱き込んだ。

「青から、メリッサが十日後は帰ってくるかと聞かれたんだが……そう問いかけられて、まだ時間がかかると思ったんだ」

「そうですね。むしろ歓迎の会はそれからですから……」

「そう考えたら、思わず体が動いていた」

メリッサが目を瞬き、ヒューバードの顔を見上げると、そこには少しだけ困ったように眉根を寄せた、珍しいヒューバードの顔があった。

「白の女王も同じように思ったらしい。だから、どっちの考えで体が動いたのかわからない。こんなことははじめてだが、きっと両方の思考が一致しすぎたんだな……」

「ヒューバード様」

「メリッサの顔を見て、腕に閉じ込めて、やっと落ち着いた……」

メリッサの顔は、きっと真っ赤になっている。もしかしたら全身真っ赤かもしれない。あまりの羞恥に、ついに両手で顔をおおった。

顔を上げられず、両手で隠して下を向いたメリッサの髪に、ヒューバードが口づける。

「そろそろ帰らないと、青が待っている」

「青？　……そういえば、今朝のおやつは」

はっと気づいて、顔を上げたメリッサは、嬉しそうに笑うヒューバードと目が合って、思わず視線をそらせてしまった。

そんなメリッサの態度に怒りもせず、ただ嬉しそうに額に口づけたヒューバードは、ちらりと白の女王に視線を向け、何やら指示をしたらしい。

白の女王は今まで滞空していた位置から、羽ばたきで移動を始めた。

「おやつは、私が帰ってからだ。それまでは、青が抑えてくれると約束した」

「それじゃあ、早く帰ってあげてください」

慌ててヒューバードを送り出そうとしたところで、ふと気がついた。

「……あの、ヒューバード様。白は、この窓の外に降りたんですか？」

メリッサは、このテラスがそれほど広くないことが気になったのだ。

この場所は、天気の良い日などに小型のテーブルと椅子を用意してひなたぼっこができる程度には広さがある。だが、二階なのだ。テラスの幅は、メリッサが両手をいっぱいにひろげた程度しかない。

高さ的には、竜が窓を覗き込みやすくするために首の高さに合わせて建てられたコーダの屋敷より、一般的な貴族の屋敷と同じ様式で建てられたクルースの屋敷のほうが若干だが天井が高く、その分一階ごとの高さがある。

竜の背から直接こちらにうつるには、少々高さが合わないだろう。

おまけに今ここは、竜立ち入り禁止とされている。それに背いてまで、わざわざ白の女王を庭に下ろしたのかと思ったのだ。

しかし、ヒューバードは苦笑して上を指さした。

「飛んでいる白から、直接ここに飛び降りてきた」

そう告げられたとき、メリッサはその状況がさっぱり理解できなかった。

飛んでいる白の女王から、狭いテラスに直接飛び降りる。

建物が羽ばたきの邪魔になるだろうから、白の女王の高さはおそらく屋根より少し高いところだろう。そこから、飛び降りたらしい。理解した瞬間、今まで抑え気味だった声が思いっきり出てしまった。

「え、ええ!?」

「ちなみに帰りは、屋根の上に上ってから白の女王の背に飛びうつる」

「えええええ!? や、いや、危ないです!」

ようやく状況を悟ったメリッサは、首を力いっぱい振って止めようとヒューバードの服を握りしめたが、ヒューバードはあっさりと大丈夫だと告げた。

「私の体は白の女王と繋がっているから、飛ぶ瞬間を決めているのは白の女王なんだ。人で言うなら、右手に持っているものを、左手に落として掴む、くらいの難易度でしかない」

「え、ええ……?」

メリッサが困惑し、思わず右手と左手を見ながらその難易度を考えている間に、白の女王の支度が整ったらしい。ヒューバードは笑みを浮かべ、メリッサの顔を上げさせると、素早く口づけして、屋根に上るためにか窓の近くに歩み寄った。

「それじゃあメリッサ。私は殿下の到着予定日の前日から、ここに通うことにする。それまで、すまないが引き続き、こちらのことをよろしく頼む」

そう告げると、ヒューバードは軽く飛び上がり、信じられないことにあっさりと屋根の縁に手をかけ、体を上に引き上げた。

「え、あ、は、はい！」

メリッサが返事をするのが早いか、白の女王が屋根に向かって高度を下げながら加速しはじめたのが視界の端に見える。

ヒューバードは、屋根の上からどんどん速さの乗ってきた白の女王の背中にあっさりと飛び移り、その場から姿を消した。

白の女王が飛び去る瞬間、風に煽（あお）られ、羽織っていたストールが飛びそうになってぎゅっと握る。

次に目を開けたとき、すでに白の女王とヒューバードがいた気配はまるで夢だったように消え去っていた。

第二章　非日常の毎日

辺境伯領コーダの街の朝は早い。

たとえ住人達が眠っていても、我関せずの竜達が飛んで来て、おちおち眠っていられないような勢いで騒ぐためだ。

それを一刻も早く静めるため、現在は当主であるヒューバード自身が竜の庭に立ち、野菜を与えていた。

いつもならばここにはヒューバードの妻であるメリッサが立ち、お行儀良く並んだ竜達に手ずから一頭ずつに野菜を渡していくのだが、現在この場にメリッサはおらず、今は琥珀（こはく）の竜達が好き勝手に押し寄せながら野菜をよこせと訴えている。

すでに青の竜は一番乗りで野菜を受け取り、満足そうに庭の中央で寝そべっているため、列の抑えになる状態ではない。白の女王もそちらで一緒に見守っているため、あてにはできない。

ヒューバードは、数多くの竜達に野菜を与えるため、一頭ずつの口元まで、的確にひたすら野菜を投げて与えていた。それが楽しいのか、琥珀の竜達は野菜を受け取ったあとも、仲間達のすぐ傍（そば）にいて、時折野菜を横取りできないかと隙（すき）をうかがっているのである。

「こら、そこの角二本の琥珀！　お前はさっき食べただろう」

ギャッ!?　ギャオオオォ

「ちゃんと見ているに決まっているだろう。一頭にひとつだぞ」

ギュウゥン！

琥珀達をあしらいながらすべての口の中に野菜が収まると、ヒューバードは後片付けを侍従達に任せ、青の竜と白の女王の元へと向かう。

「今日はクルースへ向かう。青はどうする？」

明日は王太子がクルースへ到着する。すでにクルースには先触れの騎士が到着しており、王太子一行の日程が予定通りであることが伝えられている。

一応足取りが順調で到着が早くなった場合に備え、当主であるヒューバードも今日からはクルースで待機することになる。

もちろん、翌朝竜達に野菜を配るために、夜は再びコーダに帰る。王太子がクルースにいる間は、メリッサが接待することになるために、もうしばらくはメリッサはクルースに足止めとなる。ヒューバードとしても残念だが仕方がない。

白の女王は、明日はヒューバードを送り届けたら一度コーダに帰ってくることになっている。メリッサを上空から見て、そのまま帰ってくるらしいので、青の竜も一緒で大丈夫かと声を掛けたが、何やら若干警戒しているらしく、ヒューバードに対し質問があると言い出した。

『来るのは、オスカーじゃないのはわかった。王太子というのは、オスカーより偉い？』

「そうだな。王太子殿下は、国内では国王の次に偉い。王太子というのは、次の国王になる人物のことだ。偉い順番としては、国王、王太子、その次は王妃、そして王妃が生んだ王太子の弟妹。その次が、現在の国王の兄弟、つまり王弟のオスカーということになる。国王が交代すれば、その国王の血を中心として、国王に血の近い順番、その血を次代に繋いだ人物と、順位が変わるんだ」

ヒューバードは、今まで竜達からは出てきたことのない、人の身分に関する質問を受け、若干の驚きと共に丁寧に答えた。

今まで、人の世界の身分を気にした竜はいなかった。初代が青の竜と絆を結び、竜騎士が誕生してから今まで数多の竜騎士が誕生したが、人の身分に考慮した行動を取るのはあくまで竜騎士が判断してのことで、竜自身はたとえ王の前だろうと身分に配慮することなど考えもしていない。

白の女王は、長年王宮にいたが、それでも人の身分も階級も気にしたことはなかった。王宮の竜達はすべて自分が守るべき一族だと理解していたが、あくまでねぐらが王宮にあるというだけで、その王宮を守る王や貴族達など、意にも介していなかった。

白の女王さえその状態で、もうこれは竜という生物の特性なのだと思っていたのだが、王竜という存在はどこまでも規格外と言ってもよかった。

『では、王太子は、オスカーの言葉を覆す力がある？』

「……ないな」

『でも、王様の次なら、王様以外の約束は関係なくなるんじゃ？』

「竜は、青、白、紫、緑、琥珀、この流れで、力の差がつき、階級が生まれる。大雑把になら、人にもそれは当てはめられる」

ヒューバードは、その説明を小さな子供に言い聞かせるように、丁寧に語る。青の竜は、正面で真摯(しんし)な表情でそれに聞き入っている。

「竜と人の階級を照らし合わせると、国王は青に相当する。白に相当しているのが、王妃だ」

『王太子は？　順番なら王太子が白じゃない？』

「違う。王太子は、いつか青になることが約束された存在だ。だが、人間の中でも、青は国にひとり。王太子は現在、王の子供達と同じ順位だ。竜で言うなら、紫だろう。紫は、国王の血縁、王族に当てはまるかな。このくくりになれば、王太子殿下とオスカーは、同等。さらにオスカーは年長で、長年の実績から国王の代理として立つこともできる。今の国王の統治下であり、王太子殿下が未成年である現在は、王太子殿下はオスカーの言葉を覆す力はないと言える」

青の竜は、その説明を聞き俯いて何かを悩んでいた。

自分は、青の竜の言葉を聞き、その問いに答えることはできるが、青の竜の悩みに気づけるかというと自信がない。

むしろそれは、メリッサの方が担当と言ってもいいだろう。メリッサは、言葉こそ通じないが、青の竜が言いたいことを察する能力が高い。僅かな目線の揺らぎから翼の動きまで、その全身を見て、メリッサは青の竜の言葉を推察する。

自分にそれができない以上、何か悩みがあるのなら、青の竜自身が語ってくれるのを待つしかない。

「青、王太子殿下はクルースで歓迎の行事が終われば、コーダに視察に来ることになっている。だが、青は会う必要はない。……会うことに躊躇いがあるなら、私の目なり白の目なりを使い、王太子を観察していればいい。できるんだろう？」

しばらく考え込んだ青の竜は、最終的にこくりと頷いた。

「私はそろそろクルースへ行く。おそらく王太子が来るのは明日だが、来たら白の女王から連絡を入れさせる。繋げるのはいつでも構わないからな」

それだけ言い置くと、ヒューバードはハリーにあとのことは任せて、白の女王の背に飛び乗った。

「……というわけで、青は王太子殿下をかなり警戒しているようだった」

久しぶりに出会ったヒューバードから、今朝の青の竜の様子を聞いたメリッサは、話を聞いて少しだけ心配そうに窓の外に視線を向けた。

「じゃあ、今日は青は飛んでこないかもしれませんね」

「そうだな」

メリッサは、すっかり王太子を迎える用意が整っているためか、今日は比較的時間があった。青の竜が来たら、少し長めに時間が取れるかもと思っていたメリッサは、残念そうにヒューバードに微笑んだ。

「無理強いするよりは、青の竜が穏やかでいてくれる方がいいですよね」

「ああ。……そうだ、メリッサは殿下にお目にかかったことはあるか？」

その答えは、非常に簡単だった。

「あります。ですが、直接ご挨拶をしたことはありません」

メリッサが王太子の姿を見たのは、たったの一度だけなのだ。

「結婚前、両親に挨拶に行って、なぜか陛下から勲章をいただくことになったときに、殿下も確かあの場におられましたよね」

姿を知らなかったわけではない。王太子の姿は、肖像画で見たことがあったからだ。

王族の姿は、基本肖像画などで平民も知ることができる。その肖像画は食堂などに飾ってあることも多く、当然ながらメリッサの自宅である王宮第四食堂にも普通に飾られていたのだ。

もちろんそこには、現在の国王がまだ王太子であった頃、つまり前国王の一家の肖像も飾られており、そこにはオスカーも描かれていたと思う。

それがなくても、王宮にはあちこちに王族の肖像画が新旧大量に飾られているため、メリッサは侍女見習いとして働いている間に、王家の一族の顔と特徴を覚えたのである。

「王太子殿下は大変聡明で、王妃様によく似ていらっしゃると伺いました」

「確かに聡明と言われたらその通りだな。武芸はそれほど目立つような才能はないそうだが、大変努力家で、きちんと見習い騎士の務めを果たしておられるそうだ」

ヒューバードは軍の方から王太子の噂を聞き及んでいたらしく、その噂はやはり武芸に関してだけだったらしい。

だが、噂だけを聞けば、大変真面目でそれほど竜が嫌うような態度は取りそうにない王子である。やはり、青の竜がなぜそこまで王太子を警戒しているのかがわからない。

「青は、私と同じときに、王太子殿下の顔を見ているはずですよね」

メリッサは、あの勲章をもらった日のことを思い出していた。

今でこそそれほど敵対心は感じないが、当時キヌートにいるヒューバードの母方の従兄が、イヴァルトの上層部を巻き込み、ヒューバードの結婚を邪魔しようとしていた。メリッサをキヌートに引き抜きたかったのか、政略結婚を持ちかけてきたあのとき、青の竜はメリッサを助けるため、謁見の間に窓を破って飛び込んできてくれた。

あのとき、青の竜は間違いなく国王と王妃と共にいた、当時立太子したばかりの王太子殿下も目にしたはずである。

「青は、あのとき殿下のことを認識していたでしょうか？」

「王太子殿下だという認識はないだろうが、以前会ったことはしっかりわかるだろうな。だから私の目を通して、殿下を見ればいいとは伝えたが……」

ヒューバードとメリッサの二人が、同じように顔をつき合わせて悩む姿は、結局その日一日崩れることはなかった。


ようやく迎えた到着当日、王太子の一行は予定通りに昼少し前にクルースの辺境伯邸の前に姿を現した。

一行は、王太子とその護衛騎士。並びに、道中通りがかった、歓迎の茶会に参加予定の家の一行が三組ほど一緒になって訪れたらしい。その全員をヒューバードとメリッサが玄関で出迎えた。

竜がいない場所のため、メリッサもきちんと水色のドレスを身につけ、青い礼服を着用したヒューバードと並んで王太子を迎えたのである。

馬車から降り立った王太子は、国王や王弟オスカーの面影がある少年だった。顔立ちをはっきりと見たのはある意味はじめてかもしれない。王よりも幾分か穏やかな表情に見えるのは、王妃の血を感じる。だが、色合いがイヴァルト王家の色である焦げ茶と濃い緑の目であるからか、やはり国王の面影の方を強く感じるのである。

頭を下げ、礼の姿勢で待つヒューバードとメリッサの前に来た王太子は、特に声を荒げることもなく、穏やかな調子でヒューバードに顔を上げるようにと告げる。

「出迎えご苦労である。しばらく世話になる、ウィングリフ辺境伯」

「はっ。何もない辺境でのことですので、行き届かない面もございますが、精いっぱいおもてなしさせていただきます」

「ありがとう。そちらは奥方だろうか?」

王太子がメリッサに視線を向け、ヒューバードに尋ねた。

「はい。妻のメリッサでございます」

メリッサはヒューバードに促され、深く頭を下げた。

「ウィングリフ辺境伯の妻、メリッサでございます」

「奥方とは、結婚前に一度、王宮の謁見の間で顔を見たきりだったな。あの日、紹介を受ける予定だったが、青の王竜からのお言葉でそれが流れてしまったため、とても残念に思っていた。今日からしばらく世話になる」

にこやかな王太子は、そのまま、一緒に来ることになった貴族を紹介し、ようやく部屋に落ち着いた。

王太子一向についてきた護衛騎士達と王太子は客室とその周囲に部屋を用意し、一緒に来た貴族達は別棟の客間へと案内する。

　今日は旅の疲れを取るために食事もそれぞれの部屋でということになり、その日はメリッサとヒューバードも王太子の傍から下がり、自分達の部屋へと戻る。

「……ヒューバード様、今、青は繋がっていますか？」

「いや、先ほど王太子殿下のお傍にいた間は繋がっている感じがあったが、今は見ていないな」

　ヒューバードは、白の女王の絆の騎士であるため、あるのが当たり前のものを、あらためて感じることは難しいのだろう。

　だが、青の竜との繋がりは、常時繋がっている白の女王のものと違うためか、見はじめた場合は若干の違和感がある。はじめて繋がったときは、痛みで目も開けられない状態だった。今でこそ青の竜と定期的に訓練しているためか痛みを感じることもなくなったが、白の女王ほど自然に繋がることはないだろうと感じていた。

　先ほどの挨拶のときに間違いなく感じた違和感は、部屋に入ったあとは感じなくなっていたため、その時点で青の竜から繋がりを切っていたらしく、それ以降は青の竜から繋げてくることはなかったのである。

「まあ、コーダに帰ったら、明日の朝、青にはもう一度話を聞いてみる」

「はい、お願いします」

今日も、メリッサはこちらに残り、移動の簡単なヒューバードがコーダに向かう。

玄関に用意されていた馬車に乗り、門の外へと向かうヒューバードを、メリッサは不安そうに見送った。


翌朝、ヒューバードがクルースへと帰ってきたあと、メリッサはヒューバードと共に王太子の入った棟まで移動する。

今日もメリッサは日頃竜達の前では絶対に見せられない、フリルなどで装飾されたドレスを身につけているが、これはこのクルースで今回のような場合に使えるようにと、義母が仕立屋に注文して揃えてくれていたものらしい。今日は黄色系のかわいらしい花のような飾りがついたドレスで、メリッサは日頃身に着けたことのないドレスに少し照れながら、ヒューバードにエスコートをされていた。

「そんな色のドレスもあったんだな。黄色もよく似合う」

「ありがとうございます。お義母様が、こんな素敵なドレスを、わざわざ用意してくださっているとは思っていませんでした」

メリッサが、頬を染めて微笑みながらドレスの端を持ち上げると、それに合わせてドレスに縫い付けられた宝石がきらりと光を反射する。

メリッサはコーダでは宝石を身に着けない。身に着けられるのは基本的に青の竜と白の女王がメリッサに渡すものだけだが、今回ドレスを飾るのは、代々の辺境伯夫人が身に着けた宝飾品である。さすが辺境伯家にはすべての色の竜達と絆を結んだ騎士がいたためか、青から琥珀まで、いろんな竜の色合いで作られた宝飾品が揃っていたのである。

「ここでしか使うことがないからな。メリッサも、ここで身に着けたいものがあれば何でも買っておくといい。メリッサは普段まったく装飾品を買うことがないから、無駄遣いにはならないだろう」

「いえいえ！　どれも素敵なものばかりだったので、十分です！　それに合わせドレスを仕立てていただいたみたいなので、それらを着る機会がどれくらいあるかのほうが……」

ヒューバードはそれを聞き、ふっと笑った。

「これからは、一年に一度くらいはここで着る機会もできるだろう。メリッサが茶会を主催する機会も増えるだろうと母上も張り切っていたからな」

そんな会話をしている間に、二人は王太子の部屋がある棟に足を踏み入れた。

メリッサはあらためて身を引き締めるように背筋を伸ばしたが、それを見ていたヒューバードは大丈夫だとばかりに腕を引き、足を促す。

そして、歩きながら今朝の青の竜の状態がヒューバードから報告された。

「今朝の青は、昨日(きのう)ほど思い悩んでいる状態ではなかった。野菜も普通に食べていたし、そのあとはいつものように休憩していた」

メリッサはそれを聞いて、毎朝の平和な光景を思い描いていた。

「王太子殿下の様子を実際に見たことで、納得できたんでしょうか？　紫達はどうでしたか？」

「そちらも何ら変わりない。青と一緒に昼寝するものから、すぐにねぐらに帰るもの、散歩に出るものと、それぞれ好きに過ごしているようだった」

「それなら大丈夫そうですね」

青の竜に何か異変があれば、傍にいる紫の竜達にも異変が起こる。

青の竜の感情については、紫達が最も敏感に感じているのかもしれない。傍付きとして一緒にいる竜はもちろん、それ以外の紫の竜達も、青の竜の感情が落ち着かないときはぴったりと寄り添っていることが多いのである。

「あと、王太子殿下と共にいらしたお客様達は、今朝からお義母様がお相手を務めてくださっています」

「ああ、それは門からここまでの馬車の中で聞いた。三組とも、昔なじみだし母上で問題ないだろう」

そのうち二組は、メリッサが普段手紙のやり取りをしているシャーリー経由の文通相手からの紹介だったが、当主であるヒューバードがここに通いで来ることになっているため、王太子の相手ができない。そうなれば、妻のメリッサが王太子の相手を務めることになるのは当然のことだろう。

昨日のうちに挨拶を済ませたので問題はないと義母にも言われている。

「王太子殿下は、これからの予定を相談したいとのことでした」

「ああ、歓迎の会は明日だろう。それ以降の予定はこちらも大まかなことしか聞いていないからな。それについてだろう」

ヒューバードは、歩く速さをメリッサに合わせてくれている。そのためメリッサも横に並んでヒューバードの顔を見ながらでも、ついて行くことができている。

しばらく離れて過ごしていたからか、その顔を眺めているだけで心が浮き立ち、自然とメリッサは笑顔が浮かび、足取りも軽くなってきていた。

「メリッサ？」

突然顔を向けられ、胸がどくんと大きく高鳴る。

「すみません、ちょっと、深呼吸させてください」

思わずヒューバードを手で押さえると、その場で言葉通りに深呼吸をしてみる。そうして気分を一新させ、照れたようにメリッサはヒューバードに微笑んだ。

「昔は、ヒューバード様が任務で顔を合わせられない日が続いてもなんともなかったのに、最近はずっと一緒だったせいでしょうか。一緒にいられるだけで、少し浮かれてしまうようです」

「そうか」

ヒューバードは柔らかく微笑み、そんなメリッサを見つめている。

それをさらに遠くから、見ている者達がいた。

「……おおお、白の竜騎士殿がずいぶんと表情を身につけられたものだ」

「本当に……。てっきり氷の彫像かカメオの細工かと言われていた、表情がまったく揺らがない男の代表格が、ずいぶん人に近付かれて……」

「聞こえているが?」

それは、王太子殿下がいる部屋の方から歩いてきている、近衛(このえ)騎士と文官の衣装を身に着けた二人だった。

メリッサは軽く礼をして、しっかり覚えるために二人の顔に視線を向ける。

「聞こえるように言ったので! ヒューバード殿、ご結婚おめでとうございます」

ひとりは、近衛用の軽鎧(けいがい)とマントを身に着けた青年だった。日に焼けた肌に、くすんだ金色の髪はこの国では少し珍しい取り合わせだ。ヒューバードと同年代か少し下くらいに見えるその騎士は、階級章から近衛隊の部隊長であることがわかる。

身に着けている武器が細剣なのは、これが正装の儀礼剣でもあるからだろう。華やかな飾りが目を引くものだ。

その隣の文官は、王太子の一行と同行していた三人ほどの文官のうちのひとりらしい。他(ほか)二人よりずいぶん年上に見えたその人物も、やはり隊長的な役割なのかと思った。

その二人が、揃ってメリッサに視線を向け、頭を下げた。

「辺境伯夫人には、はじめてお目にかかります。この度、王太子近衛隊長として就任いたしました、ベアードと申します。ヒューバード殿とは、王宮に見習い騎士の受験をしたその日からのつきあいとなります」

笑顔で丁寧な説明を受け、メリッサも笑顔を見せながら名乗る。

「メリッサと申します。夫がいつもお世話になっております」

「いやいや、世話になっているのは常にこちらです。筆記試験を机を並べて受けていた男が、翌日には颯爽と幻と言われていた白の竜に乗って上空を飛び回っているのを見て、顎も目玉も剣も取り落としそうになりました。あのとき以上の驚きは、今もってありません」

王太子の近衛と言うことは、このベアードは貴族の子弟のはずだ。それなのに、ずいぶん気さくな人物だと思う。

「それ以来、時折胸を貸してもらっているのですよ。おかげで近衛隊の一隊を預かれるほどになりました」

大変朗らかな人物で、どこか懐かしい雰囲気のある騎士だ。メリッサが知る騎士は、身分などわからない食堂の客人達だが、幼い頃一緒に遊んでくれていた騎士達の笑顔がメリッサの頭の中をよぎった。

そしてもうひとり、一緒にいた鉄色の髪をした、堅い雰囲気の眼鏡を掛けた文官は、メリッサに丁寧なお辞儀をして挨拶をしてくれた。

「はじめてお目にかかります。王宮一級秘書官のカーライルと申します。この度は王太子殿下の一時的な秘書官として、近衛隊と同行しております」

「はじめまして。一時的、とおっしゃいますと？」

一級秘書官とは、王族、大臣の筆頭秘書官を務める人たちのはずである。つまり、もう仕える相手が決まっているはずの称号でもあるのだ。メリッサの疑問に、カーライルは笑顔で答えてくれた。

「なりたてで、担当が決まっておりませんでしたので、今回の旅の供に選ばれました。……辺境伯領には、この大陸の王がいる。何か失礼があってはならないので、秘書官も称号だけは一級を揃えて行けとでも上層部は考えたのでは？」

大陸の王、という言葉に、メリッサは一瞬硬直した。

それが誰のことを指すのかなど、辺境伯領の人間ならば誰でも想像できるだろう。

「その大陸の王に、何かご用でもおありでしたか？」

メリッサが問いかけると、カーライルは笑顔のまま、きっぱりと言い切った。

「いいえ。むしろ王家が案じたのは、王太子殿下というより一行の誰かがその王に無茶を言って、怒らせることではないかと。大丈夫かとは思いますが、何かこちらのものがご迷惑をおかけした場合、私にお伝えいただければと思います」

にこやかな表情を崩さないままそう告げたカーライルは、そのまま執事のアレクに会いに行くと言ってその場を離れた。

それを見送り、ヒューバードとメリッサはベアードに連れられて王太子の部屋へと向かう。

「カーライル殿は、以前王弟殿下がいらしたときに、近衛騎士が竜を怒らせたことがあったために、ある程度抑えの利く人物をということで選ばれたのだと。あのときは王宮でも大変な騒ぎになりましたので、念には念を入れてと思われたのかと」

ヒューバードを見下して、メリッサに居丈高に宰相からの手紙を突きつけた、オスカーの近衛のひとり。そういえばそんな人がいたなと思い出した。

確かあのとき、竜達は人との交流を一切閉ざし、竜騎士にさえも答えなくなったとあとで聞かされ、メリッサは真っ青になったのだ。

しかし、同じ近衛でも、ベアードならば問題はなさそうだった。

竜騎士であるヒューバードの胸を借りる、という話ならば、訓練は竜騎士隊のところまで来ておこなっていたと思われるからだ。

それならば、騎士ベアードは、竜達についてもある程度学んでいると思って間違いない。

「今回は、ちゃんと竜について学んでいるものが来たみたいだな」

ヒューバードも同じことを考えたのか、ベアードにそう告げると、ベアードは少し真剣な表情で頷いた。

「ああ。事前に竜舎立ち入り許可の出たものだけ、選抜している。竜騎士隊長のクライヴ殿が言うには、竜舎に立ち入って竜を苛つかせなかったなら、野生竜の傍にいても問題ないとのことでな。今回の旅の前に、選抜試験として一日竜舎に働きに行かせたんだ」

　それはずいぶん思い切ったことをしたな、というのがメリッサの最初の感想だった。

「あの、それ、竜達は大人しくしていましたか？」

「それがまったくでした！」

　だろうな、という言葉が、同時にメリッサとヒューバードの心に浮かんだ。

「二人組で、一日一組。入った時点で拒否された場合、そのまま退場。そういう条件で竜騎士隊にも試験は受け入れてもらえたのですが、そもそも竜舎に入れてもらえないものが半数以上でました。私は案外、あっさり受け入れてもらえたので、目の前を歩いただけであそこまで竜に睨まれることもあるのだと、開いた口も塞がりませんでした」

　はははと笑いながら告げられたが、メリッサもヒューバードも同じ表情をして同じことを思っていた。

　半数は入れたなら上等だな、と。

　竜達には、肩書きや身分が関係ないため、驕ったことを考えていたり態度に出ていたりする相手は基本的に一歩住み処に入った時点で警戒するし、そんな相手が自分の寝屋に近寄ろうとした時点で盛大に吼える。

むしろそれをされない貴族が珍しいとも言える。

「では今回こちらに来ている騎士の方々は、皆さん王都の竜達には顔を見せたんですね」

それなら、コーダにいる竜達もいつも通り庭で寛いでいられるかもしれない。そう考えてメリッサはほっとした。

そんな会話をしているうちに、王太子殿下の部屋の前に到着した二人は、中から許可を得て部屋に足を踏み入れた。

「おはようございます、殿下。ゆっくりお休みいただけましたか」

ヒューバードの問いかけに、王太子はまぶしいほどの笑顔で応えた。

「おはよう。おかげさまで、城で眠るよりゆっくりできた気がするよ」

王太子は、昨日の到着したときよりも幾分寛いだ服装で、朝食の席に着いていた。ヒューバードの挨拶に機嫌良く答え、ヒューバードとメリッサに座るように勧めた。

「辺境伯夫人、いろいろ心遣いをありがとう。騎士達の訓練場の用意をしてくれたおかげで久しぶりにちゃんと訓練ができた。まだ見習い扱いであるから、近衛に頼んで一緒に利用させてもらった。庭の片隅でも借りられればと思っていたんだが、ずいぶん本格的な訓練場を用意しているんだな」

メリッサは、突然かけられた言葉に、とっさに頭を下げた。

「お役に立てたなら幸いです。辺境伯領のコーダに常駐している国境部隊はこちらにも拠点がありますので、その設備を利用させていただけるよう、話を通しておいただけです」

　この辺境伯領に駐留しているのは、王国軍だ。辺境伯家には、独自に動かせる私設騎士団は存在していない。しいて言うなら、竜騎士である当主自身が一騎当千と言われる働きをする騎士であるため、その働きをしていると言っていい。

　それ以外なら、警備隊という名で各街の治安維持を受け持つ職業もあるが、あれは軍ではない一般人である。

　軍が存在していないはずの辺境伯家でも、一応訓練設備は備えている。昔、ここはまさに国境軍の駐留基地であった。その名残で訓練設備も揃っており、国境部隊はそれを利用して訓練施設としているのだ。つまり、その部隊規模に対して、訓練設備はとても立派なのである。

　メリッサの常識として、騎士は毎日訓練している。すでに料理人となっている引退した騎士である父ですら、朝はちゃんと訓練しておかないと、何か調子が悪いのだと言っていた。

　そのため、近衛部隊にはちゃんと訓練設備が使えるように用意していたのだが、無駄にならなかったようでほっと胸を撫(な)で下ろす。

「そうそう。朝食の前に、話をしておこうと思っていたんだ。コーダでの予定のことだ」

　笑顔の王太子に、ヒューバードはいつものあまり変化が見られない表情で応じている。

「予定では一週間の滞在だったのだが、もう一週間、延ばせないだろうか」

　それを聞いて驚きに固まったメリッサの横で、若干眉(まゆ)をしかめたヒューバードが静かに問いかける。

「理由を伺っても？」

王太子は、そんなヒューバードの表情を見ても、一切動じることなくにこやかにそれに答えた。

「元々この旅が終わったら、私はしばし休暇の期間をいただいてから成人の儀に挑む予定だったんだ」

「その予定は、私も聞き及んでおりますが……」

「だが、このまま城に帰っても、私はろくに休暇など取れそうにない……」

うん？

メリッサは、小さく首を傾げた。

「最近は、どこに行っても、どこまで行っても、私室間近にまで妃候補の女性が現れるんだ。城の中で少しでも時間が空けば、母上に茶会の出席を申しつけられる。あれはとても休憩時間とは言えない」

どうやら王妃は現在、王太子をできるだけ多くの女性と顔合わせをさせて、本格的に婚約者を決めてしまいたいらしい。なにせ行く先々に、王妃からよろしく頼むと王太子妃候補になりそうな女性と顔合わせをさせるように通達までされているため、メリッサにまで王妃がそう考えていることが推察できるくらいだ。

だが、王妃の親心は、あいにく王太子には逆効果だったらしい。

疲労の滲む表情で、王太子は切々と訴えた。

「確かに私は王太子だし、結婚は義務だ。たまたま私の同年代に、妃候補となれそうな高位貴族はいなかったため、婚約者もいない。諸外国の姫も、特に婚姻で同盟を求めなければならないような切羽詰まった状況でもないから、私の相手としては正直ある程度の身分と教養があれば誰でもいいと言われている。だが！　それでも！　あんなに熱意の籠もった視線をずっと向けられ続けたら、疲れるんだ！　おかげで休もうにも休めない！」

王太子は真剣な表情でそれを力強く宣言した。

「だが……コーダは若い女性はいないと聞いている」

「確かにいませんね……」

メリッサがそうつぶやけば、ヒューバードも頷いて同意を示した。

「あの街にいる殿下と同年代の女性は、街にいる住民を含めてもメリッサのみです」

「竜達にわがままを言うつもりはない。決められた視察が終わったあとは、何だったら、屋敷の片隅でずっと閉じこもっておくのでもいい。どうか、頼む」

メリッサは、ぽかんと開きっぱなしだった口を閉じ、頭の中で猛然と計算を始めていた。

王太子ひとりの滞在なら、食料も何とでもなる。この場所が贅沢できるような環境ではないことは見た瞬間わかることだろうから、その辺は勘弁してもらうしかないが、見習いの騎士であるなら耐えられないほどの食事ではないだろう。問題は、王太子はひとりで行動するわけではないということだ。

今回王太子の護衛として近衛騎士の小隊とその隊長が付き従い、さらには側近として三人の文官も引き連れている。問題はこちらの食料なのである。

メリッサがたそがれた視線を窓の外に向けている間に、ヒューバードが王太子に伝えたのは、引き受けるための条件だった。

「まず、近衛の一隊すべては受け入れられません。竜達の気が立ちます。せめて半数にしてください」

「わかった。それはのちほど、隊長と相談する」

「それから……こちらの方が重要なのですが、殿下と竜に絆を結ばせるわけにはまいりません。竜の庭への接近は、できる限りなさらないようお願いします」

「もちろんだ。無駄に竜の心を騒がせることがないよう、十分注意を払う」

きっぱりと言い切った王太子は、ではよろしく頼むとにこやかにヒューバードの手を取り、しっかりと握手をした。

翌日、王太子を迎えて歓迎の茶会が開かれた。

メリッサは今日は紺色のドレスに色とりどりの花々がアクセントとして飾られたドレスで挑む。

王太子殿下ができるだけ女性達だけを相手にすることがないよう、相手が分散するのを狙って、一行の近衛騎士と文官の参加人数も増やしている。

元々辺境伯領では、王太子よりももっと手軽な相手が望まれていた。そのため、もくろみはちゃんと成功して近衛騎士や文官達にこそ女性達は集中している。

あの、女官になりたいのだといった女性には、メリッサ自身が一級秘書官のカーライルを紹介し、しっかりと官僚試験について語ってもらうことにした。

概ね、想定通りの状態になり、会場を歩き回って挨拶と紹介など一通りのことを終え、ほっとひと息ついた頃、ヒューバードと同じテーブルについていた王太子が、来ていた家々からの挨拶がようやくすべて終わったらしく、ヒューバードと歓談していた。

挨拶の間も今も、王太子は笑顔を崩してはいないし、所作も完璧な、誰が見ても女性達が夢見るであろう王子様の姿そのものの状態を保っていた。

メリッサにとって今まで身近にいた王子様と言われると、オスカーになる。かつて王子様だったオスカーは、どちらかと言われると王子様より騎士のたたずまいの方が似合っている人物だ。

一見高貴な人物に見え、それを本人の表情や仕草で、周囲になじむようにわざと崩している。

実際、オスカーが王家の中で最も身軽に国中を回っていて、さらにそれが人々に受け入れられているのは、近寄りがたい王族の威厳を、僅かながら本人の意思で見せないようにしているところがあるのだろう。

その証拠に、王族として謁見の間にいたオスカーは、どこか近寄りがたい雰囲気を漂わせていたのだ。

目の前の王子様は、メリッサの目から見ても確かに王子様だった。逆に、この王子が、見習い騎士として修業中だということが信じられないくらいだ。

メリッサは、その王子の姿を見て、ヒューバードが言った言葉を思い出していた。

竜と絆を結ばせるわけにはいかないという話だったが、今のこの状態の王子を見ても、竜達は絆を結びたがらないのではないかと思ったのだ。

全員が一通り挨拶を終え、席に着いたところで、お茶会は始まった。

並べられた食器は、イヴァルトでは定番とも言える前時代の絵付けの一揃え。それをテーブル分すべて揃えてある。これは、コーダでは絶対に使えない、壊れたら取り返しがつかない食器である。

メリッサも、この前時代の食器が、この辺境伯領に残っているとは、今回のことがあるまで知らなかった。

辺境伯領にあるのは、現代の陶工による、壊れても追加で買えるか、竜が踏んでも壊れないくらい丈夫なものだけなのだと思っていたのだ。

各テーブルに色を添える、中央のガラスの花器も同じだ。花の色を生かすため、透明なガラスで作られている少しだけ高さのある花器は、今日は黄色と白とオレンジのダリアで各テーブルを彩っている。

メリッサの席も王太子と同じテーブルに設定されており、基本的に王太子を接待するよう言われている。そのため、この席のテーブルセットは、周囲のものより一層派手なものになっている。

久しぶりにこのような食器を使ってテーブルセッティングをおこなったが、辺境伯家になじんだ今、この手の繊細な食器に違和感しかない。手に持つ食器類に違和感を覚えつつお茶を飲んでいると、王太子が笑顔で尋ねてきた。

「辺境伯夫人は、元々王宮で見習い侍女として勤めていたと聞いている。そのまま王宮侍女として勤めることもできたとも聞いていたが、外に出ることに恐れはなかったのだろうか？　しかもその向かう先が辺境という、王都から最も離れた地であったことに、躊躇いもなかったのか？」

突然問いかけられたことにしばし目を瞬(まばた)いていたが、何度思い出してもその当時、恐れなど考えていなかったと思った。

「私は、元々一度王宮から出て、働くつもりでした。確かに王宮で、最高の環境で侍女としての心構えから技術まで学ぶことはできましたが、それがどれほどのものなのかを、私は知らなかったのです。ですから、一度外で働き、再び王宮に戻るつもりでした。それに、私は一生を捧げたいものがありましたので、それに向かうことに恐れるような気持ちは持ち得ませんでした」

「ほう。その一生を捧げたかったものとは？　今、辺境伯と結婚した夫人は、王宮で働くことで叶えられるはずの、その捧げたいものと分かたれたのではないのか？」

そう不思議そうに問いかけられ、一切躊躇わず、にっこり微笑み言い放った。

「私が一生を捧げたかったものは、白の女王との友情です」

その場に座っていたヒューバード、そして周囲のテーブルにいた伯爵家の令嬢達が、ぴたりと固まったように動きを止めた。

王太子は、メリッサの言葉に、少しだけ感心したような表情でほう、とだけつぶやいた。

「友情、ということは、夫人は、白の女王の傍に侍ることを許されていたのか……。いや、確か噂を聞いたことがある。白の女王は、とある花が咲く季節になると、主であるヒューバードではなく、一人の少女を伴い花見をしていると。もしやそれが夫人のことだったのか？」

確かに、毎年白の女王は、自分に捧げられた木の花の季節を楽しみにしており、花が開くと誘われて花見をしていたが、それが噂話として王族にまで伝わっているとは思っていなかった。

メリッサは苦笑して、王太子の疑問に答えた。

「確かに、一緒に花見はしておりましたが、絆の相手である夫がいないはずがありません。私と白の女王、そして夫で、花が開くとそれを見に行くのが毎年の恒例でした」

「……そうか。白の女王の元へ行くために、夫人は辺境伯領で働こうと思ったのか」

メリッサは、周囲で聞き耳が立てられているのを感じつつ、このままでは白の女王が目当てでヒューバードがついでのように聞こえてしまったと慌ててしまい、急いでその言葉に訂正を加えた。

「あの、ですが、その……幼い頃から夫が一緒にいてくれたからこそ、私と白の女王の友情が成り立っています。私も白の女王も、夫が大切であることは変わりないのです」

慌ててそう補足したメリッサは、気がついていなかった。

できるだけ平静を装い、表情を変えないようにしていたが、その耳が真っ赤に染まっていたことに。ついでに隣にいる夫ヒューバードが、常に変わらない表情で、ほんのり目元だけが赤く染まっていたことも、まったく気がついていなかったのだ。

「辺境伯夫妻は、白の女王も含め、仲睦まじいのだな。私もいつか、妃を迎えたときはそうありたいものだと思う」

にこやかな笑顔と共に王太子はそう締めくくり、微笑ましい雰囲気のまま、その日の茶会は終了したのだった。

翌日は、宿泊していた令嬢と家族が一斉に帰っていった。

このあと、王太子がコーダに移動すると茶会の終わりに発表したからだった。

この辺境伯領に近い領地に生きる人々にとって、竜に対する注意事項は小さな子供時代から言い聞かされて育っている。特に令嬢は、近寄らないようにしっかり言い聞かされて育つのだ。曰く「かわいいドレスが着たかったら、竜に近寄ってはいけませんよ。竜はキラキラ光るものが大好きで、かわいい飾りをつけ、おしゃれをした子を攫っていってしまいますからね」と。

その言い聞かせのおかげで、コーダにまでついてこようとする気合いの入った花嫁候補は存在しなかったらしい。

ただ、ここに来ていた伯爵令嬢のひとりが、近衛騎士と大変よい感じにまとまりつつあるらしく、その家族は近衛騎士と王都でもう一度会う約束をして、にこやかにヒューバードに礼をのべて帰っていった。

おかげで、王太子は大変のびのびとクルーズで過ごし、そのまた翌日にコーダへと移動することになった。

ヒューバードは先に白の女王で帰ることになり、メリッサは王太子と一緒に馬車で移動することになった。もちろん、王太子と二人きりなどではなく、王太子の侍従のひとりと、義母も一緒に馬車に乗るのだが。

「メリッサが一緒に乗っていれば、竜達はずっとついて行くことはあっても、襲うことはけっしてありませんから。何かあれば、すぐに竜が駆けつけますので」

ヒューバードはそう言うと、メリッサの頬に口づけ、抱きしめた。

「王太子殿下を頼む。青に、メリッサの移動については伝えておくから、竜の領域に入ったらすぐに竜達が飛んでくると思う」

メリッサはそれを聞き、小さく頷く。

「青はここ数日来ていませんでしたけど、殿下がコーダで過ごすことには納得していましたか？」

「ああ。それに青は、ここ数日ずっと私の目を使って殿下について観察していたから。もう殿下のコーダ滞在が延びたこともわかっているし、それで何も言ってこないのは、おそらく自分自身の目を使い、確認したくなったんだろう」

メリッサはヒューバードの言葉を聞いて納得した。

「確かに、ずっと見ていたなら、だめならもうだめと伝えてきているはずですね」

「そういうことだ」

微笑むヒューバードは、それだけ伝えるとそのまま馬車に乗って屋敷を出て行った。

街の上空に、白の女王が待機しているのが見えている。それにメリッサは手を振って、白の女王に挨拶した。

「白、私ももうすぐ帰るから、青によろしくね！」

メリッサの言葉に、白の女王は気づいてくれたらしい。そのまま上空を旋回し、ヒューバードと街の外で合流すると、そのままコーダに向けて飛び立った。

翌日は、早朝から馬車を出発させることになる。

今日は王太子の移動日ということで、一般の馬車に関しては通行止めとし、王太子が乗る馬車と護衛騎士三人が乗る馬車、そして荷物が載った大型馬車一台の三台で車列を組み、クルースからコーダまでを止まることなく進んでいくことになる。

「動く馬車に乗ったまま、半日か……休憩は取らないのか」

動き出した馬車に揺られながら、王太子がメリッサに問いかけた。

「取りません。ただ、急病人が出た場合は、速やかに竜の領域から出るべく、その場で引き返します。そして竜の領域を出た場所で止めることはありますね」

「それは、馬を守るためだと聞いたが……」

王太子が、何やら納得いかないと言わんばかりの表情でうーんと唸る。だが、今回それに答えたのは、メリッサではなく義母だった。

「この場所で走れる馬は希少なのです、殿下。クルースからコーダまで、走りきれる体力としっかりした足を持っている馬から、竜に怯（おび）えない気性のものを探すところから始まります。この時点で数が少ない上、一頭を育てるのに、間近を飛ぶ竜に慣らせるために普通の軍馬の二倍は時間を使います。一頭が潰（つぶ）れて使えなくなれば、他に変わりがいないため、他の馬に無理をさせるしかありません。ですから育った馬は大切にしております」

竜に怯えない馬は、現在クルースの牧場で飼育されている。その現在育成中の馬の中で、クルースとコーダ間の便で使える馬は、二頭か三頭しかいない。

普段の定期便はクルースとコーダ、それぞれ十頭で運行しているが、長距離を走る馬車は、馬の負担を考えると一頭では引けない。今日は六頭立て大型馬車が一台分と、人が乗っている四頭立て馬車二台、計十四頭が出払うため、今日と明日の定期便は休業している。

だんだん速さが増してくる馬車に、王太子が街の中では目隠しをしていた窓の外を楽しそうに覗（のぞ）き見る。

「どのあたりで竜の領域に入ったかは、私でも見分けられるんだろうか？」

「はい。竜の領域に入ると、背の高い木々はなくなりますから、すぐにわかります」

メリッサが笑顔で答えると、義母もやはり笑みを浮かべ、それに補足する。

「領域に入れば、すぐに竜が飛んでまいります。おそらく竜達は、メリッサの帰りを領域すぐの場所で待っているでしょうから」

それを聞いた王太子は、あきらかな期待を込めた眼差（まなざ）しを窓に向けた。

「殿下は、竜がお好きなのですか？」

迷惑になるならずっと屋敷に籠もっているとまで言い切った王太子の、竜の登場を期待している眼差しを見て不思議に思ったメリッサは、思わずといったふうに問いかけた。

「もちろんだ。我が国に生まれ、騎士を志したものならば、あの姿に憧れないものはないだろう。ましてや、叔父上が竜騎士となられ、竜の傍にいる姿も見ているのだから」

「そうですね。オスカー殿下は王族でも竜騎士となれることを証明なさいましたから。でも、王太子殿下は竜騎士を目指すことはないとおっしゃっていらしたので」

王太子がコーダに滞在を願ったとき、竜の心は騒がせないときっぱりと宣言していたため、竜騎士にも竜にもあまり興味がないのだろうと思っていたメリッサは、今の王太子の表情を見て、それが違っていることに気がついた。

だからなおさら、あのときヒューバードの言葉に即座に頷き、竜達に気をつかった王太子の態度に驚くのだ。

その疑問を受けた王太子は、しばらくメリッサの目を見ていたが、ふっと微笑み、姿勢を正してきっぱりと宣言する。

「私は竜騎士にはなれない。なぜなら、私は王にならねばならないからだ」

簡潔明瞭に語られた理由は至極簡単だった。

「私は王にならねばならない。王とは国の民の命をすべて預かるもの。だから私は、竜だけに命を委ね、命を預かる竜騎士にはなれない。私の方は何も捧げられるものがないというのに、竜にだけこちらに命を預けよとは、傲慢にすぎると思う」

王子がそう告げた瞬間だった。

外から大きく吼える竜の鳴き声が聞こえ、馬車の速度がぐんと上がる。

「青⁉」

気がつけば、窓の外の景色は一変し、草原が広がっていた。

竜の羽ばたきを遮るような樹高の高い木は生えておらず、深い青の空が広がる、竜達の領域。その空を、青の竜が飛んでいる。旋回して方向を変え、速度を上げた馬車に合わせて、竜としては低速で並んで飛んでいる。

「……そうか、なるほど。叔父上が言っていた通りだ」

メリッサが不思議に思い首を傾げると、それを見ていた王太子が笑みを浮かべて青の竜を指し示す。

「あの青は、この辺境の色だと。行けばわかるとおっしゃっておられたんだ。今、この空とあの青を見て、なるほどと納得した。……不思議だな。クルースと空は繋がっているはずなのに、突然空が目に入るようになったみたいに感じる」

唯々呆然と窓の外に見入る王太子の目の前を、低空飛行の青の竜が飛び抜けていく。青の竜を追いかけるように地上に風が吹き抜け、草や低木が煽られる。

その視線が、一瞬だが馬車の中に向けられたように感じた。

速度が上がっていたためか、夕刻の到着時刻より少しだけ早く王太子の馬車が辺境伯家の馬車止めについたときには、庭に大量の竜が降りてきていた。

そろそろねぐらに帰る時間だというのに、メリッサが帰ってきたことを知って押し寄せたにしては妙に興奮しているらしい。その中には緑の子竜の姿もあり、好奇心旺盛に馬車を覗き込むように黒鋼の柵の向こうで首を傾げている。

メリッサが馬車を降りたあと、すぐさま声を掛けてきたのは、執事頭のハリーだった。

その手にはいつもメリッサが利用しているエプロンが綺麗にアイロンがかけられた状態で用意されている。

「お帰りなさいませ。奥様、さっそくで申し訳ございませんが、お客人が多く訪れたためか、竜達が落ち着かないようでして……」

告げられた言葉に、思わず笑みが零れたメリッサは、ハリーの手にあったエプロンを受け取り、王太子に膝を折った。

「申し訳ございませんが、竜に呼ばれておりますので失礼いたします」

「あ、ああ」

王太子は、どうやら降りた途端に柵の向こうで馬車を覗き込む竜達の数に驚いて固まっていたらしい。

王太子の目の前から移動したメリッサは、庭に出てヒューバードを視線で探した。

「ヒューバード様はいないのね」

ヒューバードがこの時間にいないのは、おそらく白の女王で見回りをしているためだ。ずいぶん遅くなっているようで、何かがあったのかもしれない。青の竜は、今まさに中央に降りてきたところで、それまでは守りがない状態だったのが、竜達には不安だったのだろう。

「ただいま、みんな。出迎えに来てくれてたの？　青がちゃんと見守ってくれていたから、無事に帰ってきたわ」

ギューギューと鳴き声を上げ、鼻先を突き出してくる竜達に挨拶代わりに鼻先を撫でながら、竜の庭の入り口へと足を運ぶ。

青の竜は中央に降りてすぐ、メリッサに向けて歩み寄ってきた。

メリッサは、そんな青の竜を目にして、急いで黒鋼の柵に駆け寄ると、出入り口に到着した途端に顔を突き出してきた青の竜の鼻先に抱きついた。

「ただいま、青！」

ギュアアァ！

「がんばってお留守番してくれてありがとう。途中、会いに来てくれて嬉しかった」

ギュルルル、ギュルル

青の竜は約束を守ってくれた。義母が突きつけた条件を守り、クルースの上空で一日一度だけ旋回して、大人しく帰ってくれた。

青の竜が小さかった頃は、メリッサが離れるだけで鳴き叫び、尻尾（しっぽ）を暴れさせていたが、条件付きとはいえ、ちゃんと留守番もできるようになったのだ。

体はそろそろ白の女王に追いつきそうなくらいになった。そして青の竜の確かな成長は、ちゃんと心にまで及んでいる。

それが、ひたすら嬉しかった。

「よく、がんばったね。本当に、ありがとう」

ギュルルゥ

青の竜は、メリッサに褒められ上機嫌で喉（のど）を鳴らす。喜んだからと尻尾を暴れさせることもなく、落ち着いた状態で、ただメリッサが抱きついているのを受け入れ、それを喜んでいる。

もう、立派な成体の竜だった。

そうやってメリッサが青の竜の成長をしみじみと感じていたとき、青の竜の傍に他の竜よりも静かな羽ばたきの音が聞こえはじめた。

青の竜の傍に近寄ってきていた子竜達を転がさないように気遣ったのか、いつもの数倍静かな羽ばたきで、真珠の輝きが連なるような真っ白の竜体が降りてきている。

メリッサは、青の竜の鼻先に抱きついたまま、首を上げてそれを確認した。

「ヒューバード様」

完全に庭に降り立った白の女王から、ヒューバードが颯爽と降りて来る。それを迎えるため、メリッサはようやく青の竜の鼻先から身を起こした。

「お帰りなさい」

「メリッサこそ、お帰り。無事に到着してなによりだ。出迎えられなくて、すまなかった」

メリッサを柵の外から腕の力のみで抱き上げ、柵の中に引き上げる。そして抱きしめてくるヒューバードの肩から、白の女王にも手を伸ばしたメリッサは、手が届くように首を伸ばしてきた白の女王に笑顔を見せた。

「ただいま、白」

グルルゥ
白の女王が気持ち良さそうに鼻先を撫でられている姿を見て、メリッサはようやく帰ってきたと安堵(あんど)を覚えていた。

子竜達をいつまでもこの場所に居させるわけにはいかないからと、慌てて竜達に帰還を促したメリッサに、それぞれ竜達は名残惜しそうに子竜達を囲んで帰っていった。

子竜達は、メリッサが居ないここ数週間のうちに少しだけ飛ぶのがうまくなっていたらしい。よろよろと姿勢を乱しながらも、しっかりとした羽ばたきでねぐらへと向かっていく。

「本当に子竜達の成長は早いですね。少しいなかっただけだったのに、もう自力でねぐらまで帰れるんですね」

青の竜は、この時期はもう長距離を飛んでも大丈夫なほどに翼も大きかったが、さすがに他の色の竜達は、そこまで早くは成長できないらしい。

庭に残る竜達をのぞく、みんながねぐらに去って行ったあと、その場には白の女王が残っていた。

「白、今晩はこちらに泊まるの？」

グルルゥ

ヒューバードに視線を向けると、小さく頷いて自身の執務室を指さした。それは、おそらくここで説明できないことがあるのだろうと、メリッサにも推測できる。

「今日はお客様もいるから、白がいてくれると心強いわ。ゆっくり休んでね」

グルゥ、グルルル

「メリッサもお疲れ様。しっかり休んでほしいだそうだ」

ヒューバードから白の女王の言葉を伝えられ、白の女王の心遣いを感じ取ったメリッサは、にっこりと微笑んでそれに応えた。

「ありがとう、白。私は大丈夫。ここに帰ってきて、竜達の姿を見てたら、すぐに元気になったもの」

メリッサはその言葉を、心の底から思いをこめて口にした。それに気づいたのか、白の女王はメリッサの頬を鼻先で優しく突いてくれる。

そうして白の女王は納得したようにいつもの場所へと移動し、丸くなって眠りはじめた。

その白の女王の姿を見て、ヒューバードとメリッサは竜の庭にいる竜達にお休みの挨拶をして屋内に入ると、そのまま二人は連れ添ってヒューバードの執務室へと向かった。


室内では、執事頭のハリーが待ち構えていた。その手には、トレイの上に置かれた書類の束があり、すでに机の上には積み重ねられた資料らしき本が揃えられている。

「奥様、あらためまして、お帰りなさいませ」

「は、はい、ただいま帰りました」

慌てて思わず頭を下げたメリッサに対し、ハリーが何か言いたげな咳払いをした。

「奥様……」

その咳払いに、はっとしたメリッサは、慌てて頭を上げて背筋を伸ばす。

「……次から気をつけます」

使用人に対し、頭を下げる必要はない。

メリッサもちゃんとわかってはいるのだが、慌てたときなどについつい出てしまうのはまだ直ってはいなかった。

「十分お気をつけください。お客様の前ではなさらないでくださいね」

「はい」

あらためて気を引き締め、ひとまずこの話を一区切りしてから、メリッサがいない間に何があったのか、聞くことになった。

「やはり白の女王は、王太子の護衛だから残るわけではないんですね」

「ああ。昨日こちらに帰ってきたとき、密猟者らしき人間が、ねぐら付近をうろついていると竜達が騒いでいた。子竜達が今日、ずっとこちらにいたのもそのためだ」

メリッサは、それを聞いて思わず眉根を寄せた。

「子竜達が狙われているんでしょうか」

「いや、子竜達が狙われているなら、もっと渓谷に身を隠しているだろう。その密猟者は、渓谷が見渡せる高台にいたと聞いている。だから私も、いつもより広範囲を見回っていたんだ」

メリッサはそのときようやく白の女王が庭にいた理由を理解した。

「ということは、白がここにいるのは、竜達の要望に応えてすぐに出られるように、ですか」

「ああ。ことがねぐらで起こっているなら、白が私を拾うためにいちいちこちらに来ている時間こそ惜しい。呼び声はこちらでも聞き取れるんだから、私の元にいた方が初動は早い」

要は、そこまで密猟者達が深くまで入り込んでいる可能性があるということだ。

「王太子殿下の滞在延長は、まずかったでしょうか。何だったら今からでも説明して、クルースでの滞在をお願いしてみては」

その問いかけに、ヒューバードは静かに首を振った。

「王太子殿下に関しては、護衛がいる。クルースに置いてきた近衛と含め、騎士が三人、交代でこちらまで馬車でやってくるそうだ。毎日一便、騎士が乗った馬車が往復していれば、馬車の方は安全が確保される。それに私が見回りなどで離れたときも、竜と共にこちらの警護が強化できる。王太子殿下が滞在中となれば、近衛だけではなく国境警備隊も動かせるからな」

それを聞いて、ハリーと共にメリッサも頷いた。

「それでは、その期間については、護衛の方々もこちらに滞在できるよう、部屋を整えさせます。それから王太子殿下のお世話についてですが、大奥様がお引き受けくださるとのことです」

「え？」

てっきりメリッサが案内などを含め、王太子殿下の傍にいることになると思っていた。なぜ義母が、という考えがメリッサの顔にまで出ていたらしい。

ハリーは手に持っていたトレイをヒューバードの正面に置きながら、義母からの伝言をこの場で二人に伝えたのである。

「本日、帰り着いたとき、竜が奥様が帰ってきただけにしては騒がしかった。渓谷で何かあったにせよ、あの状態の竜を抑えられるのは奥様とヒューバード様だけだろうから、二人は竜を静めることに全力で当たるようにと」

「なるほど……」

義母も、長年ここで竜に囲まれていたために気がついたらしい。いつもよりも落ち着きがない竜達の様子から、何かがあったことを察したようだった。

「お客人に出すお食事のメニューなどは、すべて侍女長と料理長で決定し、大奥様にご確認を願いました。すでに殿下のところにはお出ししております。明日からもそのようにと、大奥様からお言葉をいただいておりますが、よろしいでしょうか」

それを問われたのは、メリッサだ。

「……今日の様子を見ていると、せめてあと数日は竜達の傍にいた方がいいでしょうか」

「ああ。今のところ、私達二人は、竜達の方に意識を向けておいた方がいい。竜達は気が立っているし、そちらが抑えられる方が、客人より重要だ」

そう告げたヒューバードによって、メリッサは王太子の接待よりも竜達の接待を優先させることに決定した。

「一応王太子には青に挨拶だけはしておいてもらおう。私達がここでどうこう言っても、結局青の意思が優先だから。これだけは、私達二人で立ち会う方がいいだろうな」

ヒューバードがそう告げながら、王太子に宛てて書状をしたためる。

「明日の朝、青の竜へ面会をしてくれるかどうかを聞いてから、日程は決定した方がいいと思います」

「……そうだな。日程を決めるにしても、朝、一通り見回りをしてからにしたい。密猟者達は竜が眠る夜こそ動く。その気配がないか、確認してくる」

そうして執務室で取り決めることは一通り終わり、ハリーは静かに立ち去った。

その途端、ヒューバードはため息を吐きながら突然机に突っ伏した。

「ヒューバード様!?」

慌てて駆け寄ろうとしたとき、ヒューバードの片手が上がり、ひらひらと動く。

メリッサが知るヒューバードは、いつもまっすぐ前を見て、白の女王の騎士であることに恥じないようにしている人だった。メリッサが一番見ていた姿がそのような感じだったので、それがヒューバードの普通なのだと思っていた。

メリッサがヒューバードと結婚して、一番変化した部分はこの点だった。

ヒューバードが時折、弱った姿をメリッサに見せるようになったのだ。

「昨日、深夜に白に呼び出されてから、ほぼ出ずっぱりだったんだ」

疲れ切った笑顔で顔を上げたヒューバードに対し、メリッサが取った行動は簡潔なもので。

ただソファに座り、自らの膝をぽふぽふと叩く。

ヒューバードはそれを見て、ふらりと椅子から立ち上がり、ゆっくりとメリッサの隣に腰を下ろした。そしてメリッサの膝をじっと見ながらつぶやいた。

「……とても魅力的なお誘いなんだが……重くないか？」

「大丈夫ですよ。青だってよくやってますし」

自信満々にそう言い放つメリッサを見て、ヒューバードはただ苦笑する。

「それは、青の努力のたまものだと思うんだが……」

青の竜がやる膝枕（ひざまくら）は、必死で頭を上げた状態で、ほんの僅かに触れた程度で保つ姿勢のことだ。子竜の頃は実際に頭を乗せて嬉しそうに喉を鳴らしていたものだが、体が大きくなるごとに、メリッサに重さを感じさせることがないよう、僅かに頭を浮かせて、いわゆる雰囲気だけの膝枕となっていた。

ヒューバードもそれを覚えていて躊躇っていたのだろうが、それ以上の議論はメリッサ自身がさせなかった。

腕を引き、頭を軽く掴（つか）むと、そのまま自分の膝の上にヒューバードの頭を導く。そうして、目元をそっと覆い隠した。

「大丈夫です。子供の頃の青と比べると、まだ軽いですよ」

それを聞いたヒューバードも、ほんの僅かに表情を緩め、覚悟を決めたように体勢を整えた。

「すまない、夕食まで、少し膝を借りる」

「はい。……おやすみなさい、あなた」

メリッサがそう告げたすぐあとに、ヒューバードから寝息が聞こえてきて、ヒューバードが眠ったことがメリッサにもわかった。

メリッサが見ることが叶わなかったヒューバードの寝顔が、今はこんなに近くなった。そう思うと、少しだけ今までよりも距離が近付いた気がして、メリッサは微笑みを浮かべてその眠りを守り続けた。

第三章　竜達は庭に降り立つ

朝一番に、庭に降り立ったのは子竜達だった。

おそらく、密猟者がどこに潜んでいるのかわからない状態なので、この庭に避難させたのだろう。当然ながら、今日は柵の周辺には近寄らず、中央部に子竜達は降り立ち、その周囲を成体の竜達が固めていた。

その警戒ぶりに、現在が非常事態であることが誰が見てもわかる状態になっている。

竜達は、いつもならそれほど気にしない野菜を運んでくる侍従達にまでピリピリとしているようだ。

そんな中、ゆっくりと羽ばたきの音が耳に届き、それを追うように緩やかな風が頬を撫でる。

ちょうどメリッサの正面に空いた場所に、狙ったように正確に青の竜は舞い降りてきた。その羽ばたき方は、いつも降りる場所が自分が降りたことで荒れないように気を使う白の女王と同じで、羽ばたき方もいつもよりも静かだった。

青の竜が地に降り立ち、すぐさま柵の外にいたメリッサに朝の挨拶をするべく首を伸ばしてくる。それに応え、メリッサも身を乗り出して抱きついた。

「おはよう、青。今日も元気に庭に来てくれてありがとう」

青の竜がグルグル喉を鳴らしているのを体全体で聞きながら、お腹の下にある鼻先を撫でる。

「今日は青だけがこちらに来たのね。白の女王とヒューバード様は、昨夜からまた見回り中？」

グルゥ、グルル

どことなく申し訳なさそうに、青の竜は目を閉じた。それを見て、メリッサは自分の想像通りだったことを理解した。

ヒューバードは昨夜メリッサの膝の上で仮眠したあと、仕事をしてくると言って執務室に籠もった。先に眠っているようにと伝えられていたが、案の定そのあとすぐから、ねぐらの周囲を見回りしていたのだろう。

「ヒューバード様から聞いているかもしれないのだけど、今、王太子殿下がお屋敷にいるの。あちらが青にご挨拶がしたいそうなんだけど、午後、ヒューバード様が帰ってからで構わないから、もしよかったら会ってあげてね」

ギュ

青の竜は、驚くほどあっさりと頷いた。事前にヒューバードに聞いていたからなのか、それとも別の理由からかはわからないが、王太子の話を聞いても身構えるでもなく自然体で、メリッサは小さく首を傾げた。

王太子についてヒューバードに尋ねたと聞いたときは、ずいぶん警戒しているのだと思っていたが、もしかしてそうではなかったのだろうか。

不思議に思いながら視線を向けると、きょとんとした青の竜と視線がぶつかる。

青の竜は、いつものように穏やかな視線のまま、まるでおやつをねだるように野菜の山へと視線を向けた。

先ほどから、庭の中央部にいる竜達は、青の竜とメリッサの様子をじっと観察している。おそらくは、青の竜がメリッサから野菜を受け取り食べるまでは、並ぶこともしないのだろう。そこに確かに日常とは違う竜達の警戒が見て取れ、不穏な雰囲気を感じてしまう。

子竜達はそんな成体の竜達にさえぎられ、いつももらっているおやつが食べられなくてそわそわしている。

そんな子竜達を見て、メリッサは青の竜の鼻から離れて、傍に置いてあった籠からリンゴを手に取った。

「はい、おやつ。今日はリンゴよ」

青の竜に差し出せば、喜んで口に入れ、かみ砕く。

周囲の竜達は気が立っていても、青の竜はいつものようにゆったりと構えている。

ヒューバードが夜、見回りを続けているのも、青の竜が他の竜達に平然として見せているのも、すべて他の竜達の苛立ちを少しでも抑えるためだ。安心して過ごしていいのだと竜達に示すために、上位竜達も揃ってねぐらで見回っているのかもしれない。

青の竜がメリッサの渡したリンゴを飲み込み、子竜達に声を掛けると、子竜達は転がるようにメリッサの元に並びはじめ、それから成体の竜達もいつものように並びはじめた。

子竜達は、成体の竜達に囲まれていても、その危機感がよくわかっていないらしい。メリッサは、無邪気にキューキューと甘えるように鳴く子竜達に、それぞれおやつをやって鼻先を撫でた。

子竜達は、成体の竜達が感じている危機感は関係なしに、今日も気ままに過ごしている。そのうち一頭の緑の子竜は、楽器を持った見定め途中の青年が姿を現した途端に、親竜の陰から飛び出して黒鋼の柵の方へと駆けていく。

――どうかこの子竜達が、危ない目や怖い目に遭いませんように。

機嫌良さそうに、今日も楽器の演奏を体を揺らしながら聞いている子竜達を見て、笑顔でそう願いながら、メリッサは手早く野菜を配り終えた。

その日の午後、メリッサが竜達の様子を見るため庭に出ていたときに、白の女王は優雅な羽ばたきをしながら、ゆっくりと竜の庭に降りてきた。

背中のヒューバードの姿を確認して、ヒューバードと白の女王に大きく手を振る。

降りてきたヒューバードはそれほど疲労もなく、その表情を見ても焦りもなさそうで、今日も何もなかったことがわかる。

そのことに安堵を覚えながら、メリッサは笑顔で白の女王の傍に用意していた籠を手に取り駆け寄った。

「お帰りなさい、ヒューバード様、白！　お疲れ様でした」

そう告げながら、白の女王にリンゴを差し出す。

白の女王は、それを嬉しそうに口に入れると、満足そうにかみしめながら庭の中央へと向かっていった。

白の女王が青の竜の元へと向かうのを見送りながら、メリッサはヒューバードの袖を少しだけ引いて、朝の青の竜との会話について報告する。

「ヒューバード様。青は王太子殿下に対して、先日ほど警戒してはいないみたいですね。面会もしてくれるみたいです」

「そうか。メリッサが聞いてくれたんだな。助かった」

ヒューバードの返答に、メリッサはおや、と首を傾げた。

「青があっさり受け入れていたように見えたので、てっきり、ヒューバード様がもうお話ししているのかと」

「いや、白は飛んで来て私を乗せた途端、ねぐらを経由せずに周辺の哨戒に飛び立ったから、他の竜には出会っていないいんだ。白は青に何かを伝えられていたかもしれないが、私にはそれもなかったからな」

「そうですか」

ヒューバードは、持っていた槍を侍従に預け、メリッサの手をとると、そのまま屋敷へと足を向けた。

「メリッサ、昼食は？」

「まだこれからです。殿下と青が面会するなら、竜達が落ち着いている時間の方がいいかと、様子を見ていたんです」

もし青の竜が王太子と会話している最中に何か騒ぎがあれば、竜達と国が諍いを起こすきっかけになるかもしれない。例えば竜が騒ぎはじめて王太子が怪我をしてもいけないし、青の竜に対して誰か人が剣を抜いてもだめなのだ。

もし王太子が怪我をすれば、竜に意思疎通は難しいし、統制は取れない生物とされるだろうし、青の竜に対して剣を向ける、つまり敵対行動を取れば、そんな相手に自らの眷属である竜騎士や騎竜を貸し出すことなど許さないだろう。

平和的に会話をしてもらうには、ある程度落ち着いた時期が良かったのだが、残念なことに王太子がこちらにいる間に今回の密猟者の侵入騒ぎが収まるかどうかがわからない。

それなら、まだ時間的に落ち着き、青の竜と白の女王が揃って庭にいる間に終わらせてしまった方がいい。

「それでメリッサ、今なら大丈夫そうなのか？」

「現在は、子竜達が眠っています。その周囲を取り巻く竜達もその周囲で動かずに見守っていますから、むしろ今が一番の機会かと思います」

子竜が好奇心で近寄らない、成体達が子竜を見守っている今、白の女王と青の竜の双方で庭を守りながらなら、落ち着いて話せるだろう。

「よし、昼食を手早く済ませて、殿下を呼び出すか」

「ヒューバード様……さすがに不敬で怒られますよ？」

いくらここが辺境であり、竜の領域であろうと、辺境伯家はイヴァルトの貴族なのだ。

近衛（このえ）騎士から見たら不敬と言われそうなヒューバードの言葉に思わずメリッサは周囲に視線を巡らせた。

「できるだけ正体を知られたくないからと、殿下ご本人から敬語などはなしにしてもらいたいと伝えられている。だから大丈夫だ」

肩をすくめてそう告げるヒューバードは、心配そうな表情のメリッサの手を握り、そのままその手に口づける。

「私は辺境伯で、私が敬語で膝をつく相手はもう王族くらいということだ。私の態度一発で見破られかねないだろう？　だからこれくらいでちょうどいいんだ」

そう自信満々に言われてしまうと、メリッサとしても否と言いづらい。

けむに巻かれた気がしてならないが、ヒューバードがそう言うならと無理やり納得し、メリッサはヒューバードに手を引かれ、昼食へと向かったのだった。

「青の王竜、はじめてご挨拶つかまつる。我が名はカール・グレネル。あいにく、あまりおっぴらに身分を明かすわけにはいかず、正式な名を名乗れないことをお許し願いたい」

王太子は、確かに正式な名前を告げるともっと長い名前だったはずだが、それを名乗れば一発で身分があきらかになる名前でもある。確かに、正体を隠したいときに告げる名前ではないだろう。

王太子は、柵の前の地面に座り込み、立ったままの青の竜を見上げていた。

「この角度から見ると、あなたの鱗の色は本当にこの場所の空の色だとよくわかる。むしろ、その鱗の青の色が広がって、この場所の空にでもなっているようだな。とても美しい」

ギュルゥ

にこやかに青の竜を褒め称える王太子に、青の竜が若干だが戸惑っているらしい。

青の竜はしばらく空を見て、目の前の王太子を見てを繰り返し、最後にヒューバードに視線を向け、青の竜自身もそこに体を落ち着けた。

足を折り、地面に座り込んだ青の竜は、メリッサを呼んで、いつも白の女王がメリッサを構うときと同じように自身の腕の上に座るように促す。

白の女王もその横に座り、その腕にはヒューバードが座っている。その状態で、青の竜とイヴァルト王太子殿下との会談は開始された。

まず真っ先になぜ自分との対面を望んだのか尋ねられ、王太子はあっさりと、挨拶がしたかったと述べた。

「以前、王宮にあなたがいらしたときはご挨拶が許されなかったので、しっかり挨拶をしておきたかったんだ」

王太子は、にこやかな笑顔を浮かべたまま、そう答えた。

こうして見ていると、王太子は色こそ王家によく出る色合いなのだが、その表情は国王やオスカーよりも王妃によく似ている。顔の作りはあきらかに国王の面影があるのに、あまり似て見えないのは驚くばかりだった。

そろそろ成長期となり、騎士の修業で筋肉が付きつつある体は、女性的な箇所は一ヶ所も見当たらない。

それでも、その笑った表情は、国内で最も尊いとされる嫋やかな王妃によく似ているのだ。

「そうだ。こちらは、メリッサ嬢と青の竜へ、私の母から預かった贈りものだ。よければ受け取ってもらいたい」

王太子の顔を見定めている間に、突然自分の名前が挙がり慌てたメリッサは、王太子が手にしている箱を見て、ただ首を傾げた。

とても小さい、ちょうどメリッサの片手の上にすっぽり収まるくらいの箱である。

ヒューバードが立ち上がり、メリッサと青の竜の代わりに受け取ると、メリッサの目の前で箱を開けた。

中に入っていたのは、青い石のペンダントトップだった。その細工は、石を際立たせるように小さな金具で円環が付いているだけという、大変あっさりとしたものだ。

同じものがふたつ入っているということは、これをひとつずつ分けるようにということだろうか。

「母が言うには、それは同じ石をふたつに割って作られたお守りのようなものなのだそうだ。色が素晴らしい青で、母が見るに青の王竜の色に似ているので、よければもらってほしいとのことだった。受け取っていただけるだろうか」

メリッサが青の竜の表情を見上げてみれば、キラキラした表情でその石を見つめている。

いつもならば、宝石には興味を示さない青の竜が、珍しいほどに興味を引かれている。

その様子を不思議に思っていたメリッサに、その事情がヒューバードから語られる。

「青とメリッサで揃いなのが嬉しいそうだ。カール殿下。青の竜が受け取ってくれるようです。感謝の言葉を伝えられました」

それを聞いた王太子は、ほっと胸を撫で下ろす仕草をしながら苦笑した。

「今回の旅路で、なくしてはならないとずっと懐に入れていたのだ。渡せて良かった」

青の竜は、王子を静かに見つめている。メリッサは、青の竜の飾りを預かりながら、いつもとは違う青の竜の様子を注意深く見守っていた。

しばしの沈黙ののち、はじめに動いたのは青の竜だった。

青の竜はヒューバードに視線を向けると、何かを告げたようだ。

「……何か話があるのか、と」

「え？」

突然のことに、王太子は虚を突かれたように目を見開いたまま固まった。

青の竜の視線は、いつの間にか王太子の目に向けられていた。

竜達は、視線を合わせ、互いの心を読み、嘘を見抜く。ならば青の竜が王太子の目に見たのは、その言葉だったのかもしれない。

「言葉を胸にしまったままでは、何もわからない。お前は竜と繋がってはいないから。そう言っている」

メリッサは、青の竜の顔をその腕に腰を下ろした状態で見上げている。その角度からでは、青の竜の表情はよくわからないが、どこか笑みを浮かべているように見える。

王太子は、しばらく固まった状態だったが、青の竜はゆったりと王太子が口を開くのを待っているようだった。

王太子もそれを見て、ふう、とひとつ息を吐いて、覚悟を決めたように青の竜の前で姿勢を正した。

「私はいつかこの国の王になる。しかし、父の治世は安泰であり、私が王になるのはまだまだ先になるだろう。……私が王になるそのときも、青の王竜はこの地で王であるのだろう？」

その問いかけに、青の竜は答えなかった。ただ、首を少しだけ傾げている。

「私はこの国で王太子として生まれたときから、竜騎士を見て育ってきた。我が国の誇りであり、大陸最強の騎士達は、騎士を目指す者達にとってのはるかなる頂きである。……私は今、騎士としての修業をしているが、私は騎士ではなく騎士を束ねる王にならねばならないから、竜騎士を目指すことは許されない。……だが、その騎士達から傍に仕えるに値する、そう思ってもらえる王を目指したい」

その真摯な眼差しで語られた夢を、メリッサは正面で受け止めていた。

「そのためには、青の王竜、あなたの言葉に、我々は真摯に耳を傾けることが重要なのだと、あの日、謁見の間であなたの声を聞いたとき、そう考えたのだ」

王太子は、メリッサよりも二歳下だ。今年成人を迎える王太子は、その強い眼差しを揺らすことなく、そのまま青の竜に問いかけた。

「かつて青の騎士が我が国と結んだと言われている盟約は、人の世界では竜騎士団にのみ正確に伝わっている。それは竜達自身がその盟約を覚えていて、各々騎士となったときに伝えているからだと聞いている。……それを記憶しているのは、上位竜達だと。上位竜達が、正確に下位の竜達に伝え続けてきたから、今も我が国では竜騎士が生まれるのだと、そう聞いたのだ」

青の竜はその問いかけに、こくりと頷いた。

「竜達は、正確にその記憶を繋いできてくれた。だが、その盟約は、すでに結ばれて百四十年経過している。人の世代では何代も経過しており、世界の変化も大きいことだろうと思う。こちらの辺境伯からは、騎竜の就任最低年齢について定めたいとの要望が伝わっているが、他にも何か、竜達にも要望があるのではないかと思ったのだ」

王太子はそこで言葉を切り、青の竜の言葉を待つ。

青の竜は、ヒューバードに視線を向け、静かな表情でヒューバードと対話をしているようだった。

ヒューバードはしばらく青の竜と見つめ合い、小さく首を振り、懐から常に持っている、辺境伯家当主の証(あかし)である先代青の鱗の杖(つえ)を取り出した。

「ヒューバード様、青が直接伝えるのですか？」

メリッサは、その杖が今出てきた理由は、それしかないだろうと考えた。ヒューバードは少し気まずそうにしながら、小さく頷く。

「私では、口に出しづらい問題だ。故に、青が直接答えたいと、そう伝えられた」

元々ヒューバードが通訳をしていたのは、それが他の竜とのたったひとつの交流方法だから、というのが大きい。だが、青の竜だけはもう一つ交流方法がある。

なぜ、先代の青の竜がこれを作ろうと考えたのかはわからないが、代々辺境伯家に伝わる杖を口に咥えると、青の竜は直接範囲を広げて語りかけるのが可能になるのである。おそらくは先代の青の竜は、通訳ではなく直接語り合いたい相手でもいたのだろう。当時はまだ、魔術という不思議な力を操る魔術師がいたらしく、その力を借りて作り出したそうだ。

「殿下、青の竜より、直接話がしたいとの申し入れがありました」

以前、同じことをしたのは、メリッサが王宮で青の竜の代理親として国王から勲章をいただいたそのときだった。その現場には王太子もおり、その場面をしっかりと目にしていた。だからこその今日の会談である。王太子は、一も二もなく頷いた。

「もちろん、受け入れる」

王太子はすぐに顔を引き締め、青の竜に向き直る。

「了解しました。『いにしえの王竜との盟約により、青鱗を受け継ぐものとして、その力に身を委ねん』」

そう告げると、ヒューバードは青の竜に杖を差し出した。

青の竜はそれをぱくりと咥えると、再び王太子に向き直る。

――イヴァルトの次の王となるものよ。ならばお前は、辺境に騎士を返せと言われたら、頷

けるというのか？

以前より、幾分か低くなった声がその場に響く。

その場にいた、ヒューバード以外の人は全員が唖然として青の竜を見つめていた。

そしてそれは、メリッサも例外ではなかった。

辺境に騎士を返せ。この言葉が指す意味が、よくわからなかったのだ。

「それ、は……？」

――かつてイヴァルトの王と青の竜騎士が交わした、唯一我らの意思とは関係ない場所で決められた項目だ。かつての王が、自らに仕えた騎士に、こう言ったのだ。「竜騎士が一騎当千であるならば、辺境にその騎士達がおらずとも、そなたがいればその地は守られる。ならば余剰の戦力はすべて即座に国に帰順させよ。そなたの下に、竜騎士を残すことは認めない」と。かつての青の友は、自らの剣を捧げた王に粛々と従い、それ以降、誕生した竜騎士は即座にその絆を結んだ竜と共に国王の下へ召し上げられることとなった。……我らはこれに異を唱える。

確かに、辺境伯家には自由になる戦力と言われるとたった一騎しかいない。せいぜいが街ごとにある警備隊くらいだが、この警備隊すら街に属するものであり、明確にその指揮権は辺境伯ではなく、街の商業組合にあるらしい。

そして国境警備隊は、あくまで国の部隊が派遣されているものであり、協力はしてもけっして自由に兵力として使えるわけではないのである。

今まで、辺境伯自身が竜騎士であり、最強であるから、という言葉で飾られた実情について、しっかりと理解できていなかったことが、今の青の竜の言葉によって突きつけられたのだ。

――その王は、恐れていた。新たな竜騎士の誕生を望みながら、それを配下の一騎士が独占する状況を、よしとはしなかった。かつての青の友は、いまだ街とは言えぬ程度の集まりでしかなかった人の領域と、我ら竜達の領域である辺境を、たった一騎で守ることを強いられた。我らはずっと、それを見守ってきた。


メリッサが結婚する前に聞かされた言葉が、急に心に重くのしかかる。

『跡取りは竜騎士でなければならない』

そうじゃない。竜騎士でなければ、辺境を守れないのが真実なのだ。たった一人しかいない騎士は、他に戦力を頼ることすら許されなかった。だから辺境伯家には竜騎士が生まれるのではないか。

『竜の祝福をもらうことで、必ず竜騎士が誕生し、跡取りとなっている辺境伯家』

違う。竜も、辺境伯家を守ろうとしていた。守りたいから、竜騎士になれるよう、辺境伯家に生まれた子供が幼い頃から守り、絆を結ぶのだ。

すべては辺境と辺境伯家を守るために。

ヒューバードの兄は、騎士ではなかった。剣も振れず、馬車に長時間乗ることすら難しかったと聞いている。それでも、彼には絆を結んだ竜がいた。命をかけて、その身を守ろうとした竜がいた。

それを聞いたとき、その絆の竜であった紫の明星の優しさと覚悟を感じたが、今となってはそれが竜達すべての覚悟だったのだと、そう思い知った。

——……我らは長年ただ一人、我らの敵と戦い続けてくれたウィングリフの人々への恩義を忘れることはない。だからこそ、かつての青の友が結ばざるを得なかったこの盟約に対して、後悔の念を感じている。そして幼竜が盟約に従い騎士を選ぼうとしている今、その盟約が問題となっているとも言えるだろう。……人の次の王、お前に、この盟約を破棄する勇気はあるか？

王太子は、口を引き結び、固まっていた。

意味は理解できたのだろう。だが、答える言葉がないのだ。

――先の青は、この国を守りたいという思いが強かった自らの騎士に寄り添う選択をし、その項目を受け入れた。だが、私は、今もただ一人、我らを守り続けてくれるウィングリフの騎士をこそ守りたい。国は守ろう。海も川も、この世界のすべての領域は、青の領域である。この国が大切だという我らの騎士達が守るそれを、我らも手伝うことに否はない。国の騎士である今のウィングリフの騎士も、それを望んでいる。故にその望みは叶えるが、幼竜の騎士も含め、辺境にあるべき騎士達の住み処について、今一度見直してもらいたいと思う。

その言葉を最後に、青の竜はヒューバードの前に口に咥えていた杖を落とした。

これ以上、伝える必要がないということなのだろう。杖を離した青の竜は、ゆったりと構えて、再び王太子が口を開くのを待っているらしいのがわかった。

だが、その場にいた人間は、誰一人言葉を発しようとはしなかった。

「……あなたの言葉は、確かに受け取った。だが……その返答の資格は、私にはない」

王太子が、絞り出すような声で告げた言葉を、青の竜はうん、と頷いて答えた。

「殿下。青の竜からの伝言です。急ぐには急ぐが、答えは殿下が即位して、その答えを出す資格ができたそのときに聞きに行く、だそうです」

それを聞き、王太子は若干泣きそうな表情で頷いた。

「そのときは、必ずや今の問いの答えを用意しておこう。……願いを聞き入れて答えをくれたこと、礼を言う。青の王竜、私はあなたの期待に応えられる、立派な王になってみせる」

静かなその答えに、王太子の護衛の騎士達が跪き、頭を下げる。

王太子は、護衛の騎士の前で、にっこり微笑み立ち上がった。そして、静かに頭を下げ、屋敷へと帰っていく。

ここへ来たときよりも重い足取りで、それでも背中をまっすぐ伸ばし、正面を見据えて去って行く王太子は、どこかさっぱりした表情を見せていた。

「ヒューバード様……先ほど青が言っていた盟約の項目とやらは、人の間にも伝わっていることですか？」

メリッサは、ヒューバードと毎日恒例であるお茶の時間に、そう問いかけた。

「……人の間、ではないな。正確に言えば、我が家の当主となる竜騎士にのみ、当主を継いだその日に自身の騎竜によって伝えられている」

「お兄さまにも、伝えられたのでしょうか？」

「……わからないな。兄は、たとえそれが伝わっていたとしても、自らで動くことは不可能だろう。竜の背に乗れたとしても、戦うことはできなかっただろうから」

おそらく竜達……もっと言えば、兄の竜である紫の明星を親に持つ青の竜なら、そのあたりも伝わっているかもしれない。

しかし、青の竜に、それを問いかけるのは躊躇われた。

青の竜の産み親である紫の明星は、ヒューバードの兄が毒を盛られて命を落としたときに、その後を追うように亡くなった。その遺骸は密猟団に奪われ、大部分は帰ってきたが、今も全身は揃っていない。

青の竜が親であるその紫の明星の遺骸を探し求めていると知っている今、その紫の明星と繋がる記憶を思い出させるのは、さすがに酷に感じたのだ。

「盟約の撤廃は今のところ不可能でも、二、三人ほど竜騎士がこちらに駐留してくれれば、密猟者との問題ももっと楽に片が付くんだがな」

メリッサは、入れ立てのお茶を軽く吹き冷ましながら口に含む。

今現在、まさに問題となり、連日その解決のため、夜に飛び立つヒューバードを思うと、確かに心が痛む。一部隊とは言わない。せめてもう一人、竜騎士の代わりがいれば、交代もできるだろうが、辺境伯領にはヒューバードに代われるものはいないのだ。

「代々の辺境伯様は、大変な状況をどうしていたのでしょう？」

「……代々の当主には、爵位を継承する頃には息子がいたんだ」

「あ……」

なるほどと思った。辺境伯の息子も、騎士ではなくとも絆の竜は傍にいた。戦闘行為自体は辺境伯自身がおこなっていただろうが、息子も竜に乗れたなら、空からの哨戒くらいはできるのだ。

「今は、本当に私だけしか辺境伯家に連なる騎士はいないからな。……まさか青が、あんなことを言い出すほど、気にしているとは思っていなかったが。……不甲斐(ふがい)ないな」

「そんなことありません！　不甲斐ないなんて、思う必要はないです。……青だって、ヒューバード様の力が足りないとか、そんなことを言いたかったわけではないはずです」

純粋に、青の竜はたった一人の辺境伯家の、かつての青の騎士の血を受け継ぐヒューバードのことを案じていたに過ぎないだろう。

でなければ、『後悔』など、感じる必要はないのだろうから。

「ヒューバード様、竜達も、ヒューバード様のこと信頼しています。そして、体を壊さないか、心配してくれているんですよ、きっと」

「そうかな」

「ええ」

ヒューバードが浮かべた苦笑を笑顔で消し飛ばし、メリッサは断言する。

「たとえ白の女王がヒューバード様を守っていても、その肉体が人であることに変わりはありません。今までたくさんの人と関わりを持っているからこそ、竜達は人の体が脆(もろ)いことを知っているはずです。それなら、ヒューバード様のこと、大切に思っていると思います」

メリッサの言葉は、ただの推論でしかない。ヒューバード自身は竜達から言葉を直接聞けるのだから、まったく別の話を聞いているかもしれない。

　でも、どこか安堵したような表情で笑みを浮かべるヒューバードの迷いを、僅(わず)かでもメリッサの言葉で晴らせたなら、メリッサの言葉にも価値があったのだろうと思う。

「……そういえば、青の声、少し変化していましたね。人間の声が変化するのは声変わりでしょうけど、竜にもあるんでしょうか？」

　確かに、子竜の時代とは鳴き声も変わっているが、杖を通した声も変化するとは思わなくて、メリッサは若干だがそのことについても驚いたのだ。

　それを聞いたヒューバードは、メリッサを見つめながら、首を振る。

「あれは、青の声ではないんだ」

「……え？」

「実際に私が聞いている青の声は、もう少し高い。ついでに言葉遣いも、もっと砕けているな」

「……ええ？」

　メリッサは、てっきりあれがいつもヒューバードが聞いている青の竜の声だと思っていたのだが、違うとはどういうことだろう。

　そのメリッサの疑問ははっきり顔に出ていたらしく、ヒューバードは顔に笑みを浮かべたまま、あっさりとそれを教えてくれた。

「あれは、杖が翻訳している状態、とでも言えばいいのか。昔あれを作った青は、魔術師に作る協力をさせたそうだが、そのときに竜にも威厳が必要だから、人の言葉に変化させるときに少しいじろうと考えたらしい。声の方は、聞いている方に原因があり、その人が考える竜の声とはどんなものかが反映されているらしく、聞く人ごとに違うようだ」

驚きに目を見開くメリッサを見て、くすりと笑ったヒューバードは、懐からあの杖を取り出しメリッサに手渡した。

メリッサは両手でそれを受け取り、しげしげと眺める。

青い鱗は、メリッサの左手に取り付けられている飾りの大きさとそれほど変わらない。ただ、その鱗を取り巻く黒鋼の部分に、精緻(せいち)な彫刻が施されている。

「……今まで、ただの飾りかと思っていたんですけど、この飾りの彫刻って、文字、ですか？」

「ああ、その通りだ。ただ、今となっては誰も読むことができない文字なんだそうだ」

「……青も、読めないと？」

先の青の竜がこれを一緒に作ったなら、その言葉も覚えていそうなものだがと思ったメリッサの疑問に、ヒューバードはうん、と頷く。

「青は、言葉を読んでいるわけではなく、その意味だけ知っているそうだ。その文字は普通の言語ではなく、もし読めたら魔術が使えるようになるという文字なんだそうだ」

「はぁ……」

どう見ても、メリッサの目にはその文字が植物の蔦か何かに見える。杖を這う蔦に、ときおりいろんな形の葉っぱがくっついている、そんなふうに見えるが、かろうじてこれが文字かもしれない、と思ったのは、ある程度の規則性をメリッサの目が捕らえているからだ。

蔦の切れ目と、葉の葉脈、ときおりその葉に刻まれた、棘のような楔のような形の何か。それが、規則性を持って、杖にまとわりついている。同じ模様が繰り返された、というよりは、ある程度の固まり、つまり文字のようなものが繰り返されている、といった方がしっくりくる。

そしてこの杖を手にしていると、すべての竜の言葉が理解できるようになるらしい。だからこそ、辺境伯に受け継がれてきたのだ。

代々の辺境伯も、竜好きであることは変わらなかったらしい。メリッサのようにある程度は相手の態度や表情などで、竜達の言いたいことは察することができるが、言葉と言われると何色の騎竜と絆を結んだのかでその範囲に違いがありすぎる。

その能力を補うために杖があるそうだが、ヒューバードは辺境伯家ではじめて白の竜が絆を結んだ存在だ。正直に言えば、この杖がなくとも、竜相手に言葉で不自由した記憶などなかった。

青の竜の言葉を伝える能力は、青の竜を相手にしたときしか発揮できない。青の竜が生まれなければ、まったく必要のない能力なのだ。

「不思議ですね……」

「ああ。しかもそれは、初代辺境伯の血を継承しているものしか使用できない。もし、血が途絶えれば、それは普通の青の竜の飾りでしかなくなる」

メリッサは、思わず手に力がこもり、杖をぎゅっと握りしめた。

「あの……今、その初代辺境伯の血を継承というか、僅かでも受け継いでいる方は、何名くらいいらっしゃるんでしょうか」

「もう、私一人だ」

その、一瞬の躊躇いもない返答に、メリッサは愕然(がくぜん)とした。

「女系も、基本的に辺境伯家に生まれた娘は、竜に望まれ竜騎士に嫁いでいくことが多い。昔の竜騎士は今よりも死亡率が高かった。子ができる前に夫が亡くなる例が多く、その血は繋がっていない」

「……では、本当に……奇跡のような確率で、辺境伯家は血を繋いできたのですね」

メリッサは、あらためて辺境伯家に嫁ぐことがどういうことなのか、理解できた気がする。

基本的に、貴族に嫁ぐというのは、血を繋ぐことが最重要とされている。

血を繋ぐ子は男女何人いてもいいし、多ければ縁を繋ぐために養子や結婚で姻戚関係も多くなる。

それを考えると、辺境伯家は本当に特殊なのだ。

花嫁は、竜が選ばないと迎えられない。婚姻などの姻戚関係はその時点で期待できない。子供は必ず竜騎士になるなら、たとえ成人してもそれで死亡率も高くなり、親族なども増えることはめったにない。

よく考えれば、先日のお茶会でも、近隣領主家の女性達を招いたが、その中に辺境伯家の親族姻族はまったくなかった。辺境伯家は国王に重用されているのに、これだけ近い領地でそれらが一切いない状況というのは、不思議でしかない。

辺境伯家は、本当に単独で、この竜のねぐらを守るべく作られた家なのだ。他を頼ることもできず、竜と、その声を聞く騎士を当主として、ここに封じられ続けてきた。

――そして次を繋げる役割は、竜達から認められた当主の花嫁にしかできない。

メリッサは、手に握りしめた杖をヒューバードに差し出しながら、緊張を隠すように笑みを浮かべた。

「そういえばヒューバード様、リッティアのシャーリー様に、お子ができたそうですよ」

シャーリーは、メリッサと同じ年だ。自然と、メリッサに期待されていることも目に見えてくる。

それを聞いたヒューバードは少しだけ驚いたような表情で、でもしみじみとそうか、とだけ答えた。

だが、ヒューバードはシャーリーの懐妊を祝う言葉を告げたあと、何かに気づいたようにメリッサの頭を撫でながら言い聞かせるように告げた。

「メリッサ、別に、メリッサは焦る必要はないんだ」

その言葉が、はじめ理解できずに目を瞬くメリッサに、ヒューバードはその理由を説明した。

「辺境伯家は、初代の血が潰えたとしても、竜騎士であれば継ぐことはできる。メリッサに子ができない場合でも、最悪私が子を残す前に亡くなったとしても、あの青の杖が真実の意味で使えなくなるだけで、竜騎士であれば竜の言葉を聞くことはできるし、伝えられるんだ。最も、そうなった場合、上位竜の協力は必要となるがな」

メリッサは、思わずといった様子で椅子から立ち上がった。

その最悪の場合の話を聞かされ、何か、言いたいのに、声がちゃんと音として口から出ない。怒りなのか、悲しみなのか、ない交ぜになった感情は、音として口から出ることはなく、ただ涙として目元に浮かぶ。

メリッサの慌てる気持ちを、誰よりもわかっていそうなヒューバードは、少しだけ困ったような表情になると、メリッサの手を引いて、自分の膝に座らせた。そうして両腕に閉じ込め、額と目の縁に口づけて、耳元で優しく囁いた。

「大丈夫だ、メリッサ。今は青がいる。そして私の竜は白だ。何があっても、この二頭が私を守ろうとしてくれる。二頭は、私をメリッサの元に返すためにがんばってくれるさ」

その声を聞き、メリッサの目から大粒の涙が零れてきた。

「……ヒューバード様、死んじゃやだ」

泣きながら、やっと紡げた言葉は、まるで子供の駄々のような一言だった。

「青と白が守ってくれても、ヒューバード様も……がんばって、帰ってくれなきゃ、やだ」

先ほどの言い方だと、まるでヒューバード自身はがんばらないように聞こえる。ヒューバード自身は諦めるような状況で、命運をすべて竜達に託さなければならないような事態が起こること自体が、あってはならない。それがメリッサの混乱に拍車をかけたのだ。

メリッサは、めったに泣かない子供だった。

前向きで、転んでも、何かにくじけそうになっても、自分で顔を上げて立ち上がる子供だったからだ。

そんなメリッサが唯一泣いていたのは、基本的にヒューバードが出陣するときだけだった。

「大丈夫、死なない。ちゃんとメリッサのところに帰ってくる」

昔と同じ言葉を紡ぎながら、ヒューバードの胸元で泣くメリッサを、やはり昔と同じ言葉を紡ぎ、ヒューバードは慰める。

「今はメリッサが奥さんになってくれたんだ。それなのにメリッサを残してうっかり死ぬようなことはできないさ」

唯一、あのときと変わった関係に、メリッサは縋りつくようにヒューバードの体に腕を回し、しっかりと抱きしめる。

　メリッサの涙が止まるまで、そして泣き声が止まったあとも、二人は締め切った執務室から出てくることはなかった。


　王太子が辺境に訪れて、一週間が経過した。

　その間、王太子は竜の胴具を作る工場や竜鱗細工師組合を見学したりして過ごしていた。

　その案内は基本的に義母がおこない、メリッサは竜達の変化に注視するため、屋敷から出ることはなかった。

　その間もヒューバードは夜になると渓谷周辺を見回るために白の女王と出かけていき、そうこうしているうちに竜達は落ち着きを取り戻してきていた。

「今のところ、竜達には被害が出ていない。あれ以来ねぐらで人影を見かけた竜もいないし、ねぐらに人が何かした形跡もない」

　王太子の見学場所として、唯一まだ行けていない竜のねぐらは、現在緊急事態につき、立ち入り禁止となっている。竜の面会希望はみな辺境伯家に来るようにと街にも知らされているため、見学者は多かったが、王太子は約束通り外に出ることはなく、屋内で過ごしていた。

「では、殿下にねぐらの見学の許可をお出ししますか？　庭なら竜達もほぼ普段通りになっていると思いますが」

メリッサは、室内にいるヒューバードと義母にそう問いかける。

「まだねぐらは老竜達が落ち着いていないな。子竜達が帰ってくるまで、子竜の寝屋付近に居座っている老竜もいるくらいだ」

「それは、人が近寄らないようにでしょうか？」

「おそらくそうだろうな。いつもならそこまで露骨なことはしないものだが、なりふり構っていない感がある。もうしばらくは、他者を近付けるのは危険だと思う」

三人でしばらく悩み、結局王太子がねぐらに行くのは、滞在最終日の前日、もし竜達が落ち着いていたらという条件付きに決まった。

ヒューバードとメリッサがそれを説明すると、それで構わないと王太子は頷いた。

「今は侵入者があり、竜達は落ち着かないと聞いた。その状態で、こちらに気をつかうことはない。竜達に良いように取り計らってもらえると嬉しい」

「竜へのご配慮、感謝申し上げます」

メリッサも共にヒューバードと頭を下げ、受け入れてくれた王太子に感謝を示すと、王太子はしばらく考えたのち、一言付け加えた。

「……もし、侵入者の排除に国の兵力が必要であれば、私が国境部隊の出動許可を出そう。そのときは、声を掛けてくれ」

王太子は、青の竜の言葉を受け入れ、少しでも力になろうとしてくれたのかもしれない。

軍の動かし方も学んだばかりだろう。当然ながら実践経験などないと思われた。それでも兵を動かすための責任の取り方は、王族として学んでいるだろう王太子に、ヒューバードは深々と頭を下げた。

「そのときがきましたら、よろしくお願いいたします」

「私ができることがあれば、それ以外でも声を掛けてくれて構わない。可能な限り配慮する。どうか竜達の生活が、心安らかであるよう、祈っている」

笑顔を見せた王太子の表情は、穏やかで心の底からそう思っているような優しい瞳をしていた。

だが、この王太子の言葉は、このあとすぐに実行に移されることになったのである。

その日、ヒューバードは夜間の警戒を少しだけ減らし、休息時間を増やした。

庭にはいつものように白の女王がゆったりとした体勢で中央を独占して眠っている。

空に月はなく、外には真の闇が広がっている。その闇の中、事件は起こったのである。

ヒューバードはその日の夜、深夜にいきなり目が覚めた。

白の女王の感覚ではない。だが、確実に竜から何かが伝えられた感覚に、寝台から飛び降り、窓の外を見渡した。

屋敷の周囲にはかがり火があり、ランプも灯されているためか、月のない夜でも屋敷の周囲は見える。だが、竜の庭には、そんな明かりは入れられない。そのため、どれだけ目を凝らしても、人の目には竜の姿は映らない。

だが、白の女王と繋がっているヒューバードの目から見て、闇の中に白の女王が間違いなく眠っている。身じろぎをしていないところを見ると、目覚めてすらいないように見える。

ヒューバードは慌てて同じ寝台で眠っていたメリッサに声を掛け、体を揺らして目覚めさせた。

「……ヒューバード様？」

「メリッサ、おそらく、竜達に何かがあった」

それを聞いた瞬間、今まで半分閉じていたメリッサの目が見開いた。

「おそらくこれは、青の竜だ。青の竜が感じたものが、伝わってきたんだと思う」

メリッサはすぐに窓の外に視線を向け、庭を包む闇夜に僅かに顔をしかめた。

「わかりました。ヒューバード様はすぐに出ますか？」

「ああ」

メリッサを起こした時点で、すでに着替えはじめていたヒューバードは、そのまま武装もしはじめた。

メリッサはひとまずヒューバードの身支度を手伝うと、自分も外に出られるよう、簡単に着替えてランプを灯すと、それを手に寝室から飛び出し、夜番の使用人を呼び出した。

　コーダに住み込みで働いている使用人は、基本的に夜は寝てしまう。だが、今は王太子が滞在中であるために、夜番も務められる数の使用人がいる。侍女にすぐにハリーを起こすように伝えると、メリッサはヒューバードの執務室へと移動する。

　そのときすでに、ヒューバードは装備をすべて身に着け、いつでも出られるように執務室で窓の前に立っていた。

「ヒューバード様、白の女王は目覚めましたか？」

「……まだだな。おそらく、青から何かあったか伝えられると思うんだが……」

　ヒューバードは、青の竜が目を使えるくらいには繋がっているが、目の前にいない状態で青の竜から言葉が伝えられるほど強固な絆があるわけではない。

　庭にいる白の女王が目覚め、青の竜に何があったか聞くまでは、ヒューバードも出るに出られない。

　しかも外は月のない闇夜であり、視界もほぼ効かない状態だった。もし今、ヒューバードに外に出られたら、メリッサは何があったのかわからないことになる。

　そのとき、ヒューバードは勢いよく顔を上げ、窓を開けた。

　その視線の先は見えないが、どうやら白の女王が目を覚ましたらしいことが、その場に起こった羽ばたきの音でメリッサにもわかった。

「……竜が一頭、殺された」

ヒューバードが歯をかみしめながらそうつぶやき、メリッサは息を呑んだ。

「位置は、ねぐらではなく北西、キヌートとの国境あたり。竜の領域から僅かに外れた場所だそうだ。おそらくは、密猟者の仕業だろう」

「それは……殺されたばかり、なんでしょうか」

「おそらく。先ほど私に伝わっていたのは、青がその竜の断末魔を聞いた衝撃だったらしい。青が今、この領域にいる竜達に招集をかけた。おそらく朝までに、庭にいる竜達もすべてねぐらへ帰って行くはずだ」

青の竜が自らの領域とする範囲は広大だ。竜のねぐらからなら、隣国キヌートの首都までもその力は及んでいるらしい。

当然国境くらいなら何の問題もなく、音まで拾う。

そこまで考え、メリッサは唇をかみしめうつむいた。

青の竜は、たった一頭、その音を聞いてしまったのだ。王竜としての務めだと、たった一頭でその音を聞き、どれだけ辛い思いをしているのだろう。

傍に寄り添ってやりたいが、おそらく竜達の興奮が最大である今は、メリッサもねぐらには入れない。

メリッサは確かに青の代理親だが、仲間の竜が亡くなり、気が立っている竜達の本能がどれだけ抑えられるというのか。

かつてメリッサがねぐらの崖から吊り下げられたとき、竜達は自分達の仲間の苦境に立ち向かうように、容赦なく密猟者を襲っていたが、その際メリッサについては目に入っていなかった。

今回、自分で身を守れない状態のメリッサがねぐらに行くのは、青や白、そしてヒューバードにとって足手まといでしかないだろう。

「メリッサ。私はまず現場に飛ぶ。すでに竜達が遺体の回収のために動いたらしいから、その護衛に行く。どれだけかかるかわからないが、青に現状を確認して一度戻ってくるから、それまで家を頼む」

「はい。青をよろしくお願いします。……ご武運を」

ヒューバードは、そう告げたメリッサにひとつ口づけを落とし、そのまま窓を越えて出て行った。

真の闇の中では、ヒューバードが庭の中央に向かって走っていく姿も見ることはできない。

メリッサはその闇の中、一頭、また一頭と羽ばたく音を聞きながら、ずっとねぐらの方角の空を見つめていた。

「奥様。ご用件を伺いにまいりました」

執務室の窓からじっと空を見つめて身じろぎしなかったメリッサの背後に、いつの間にかハリーが立っていた。

ハリーも、なにごとかがあったのはヒューバードがいないことと、今も聞こえてくる庭の羽ばたきの音でわかったのだろう。

厳しい表情で、メリッサが口を開くのを待っていてくれた。

「竜が一頭、密猟者の被害に遭いました」

僅かに身じろぎしたハリーに、先ほどヒューバードが告げた被害の状況を説明する。

「……そんなわけですから、おそらく今日は、竜は庭に来ていても気が立っています。ねぐらも庭も、今日は立ち入り禁止で。それから、街には今日はできるだけ出歩かないよう連絡をお願いします。あと、馬車で移動する場合は、今日はキヌート方面は移動しない方がいいと思います。これも説明した上で、移動する場合は十分注意するよう伝えてください」

「かしこまりました」

メリッサは指示を出しながら、ヒューバードの机の上にあったメモに走り書きで状況を書き記す。

「これをお義母様に。……それから、王太子殿下には、朝に秘書官の方に私が直接お知らせに行きます」

「……殿下へのお知らせは、ヒューバード様のお帰りを待たなくても大丈夫でしょうか？」

心配そうなハリーに、メリッサはいつもの笑顔を消した表情で頷いた。

「あきらかな緊急事態ですから。殿下がお帰りになる一週間後も、状況が収まっているのかわからないとなれば、殿下も旅程の変更など、手を打たなければならないことも多いでしょう」

先週は、怪しい人影を発見しただけで一週間その調査に費やした。実際に被害が出たとなれば、竜達はその正体が判明するまで、自分達の近くで仲間を殺害した相手を探し続けるかもしれない。その間、気が立ったままでは、辺境は人が出歩くのも難しくなるだろう。

「竜達は青の竜が招集してねぐらへと帰りました。竜を刺激しないよう、今のうちに街への連絡も済ませておいてください。よろしくお願いします」

「かしこまりました」

ハリーは静かに頭を下げるとそのまま下がり、執務室にはメリッサだけが残された。

やらなければならないことは他にもある。ヒューバードが一時帰還したときに、素早く食事ができるよう、食べやすくて持ち運びもできる食事を用意しておかなければならない。

竜達は、今朝（けさ）は口をつけるかどうかわからないが、一応野菜も用意しておかなければ。

それからクルースに早馬を出し、しばらくキヌート方面の道が危険になったことを知らせておかなければならない。今から早馬を出せば、クルースで足止めもできる。そうすれば、緊張状態のコーダで長期間の足止めをする人を減らせるだろう。

……しかし、今はそのどれにも手をつける気力が湧（わ）かない。

いやな予感に心が塞（ふさ）ぎ、悪い方に悪い方にと思考が流れてしまう。

ヒューバードの執務机の椅子に腰を下ろし、顔を手でおおう。竜達はすべて帰還したのか、もう庭から竜達の存在を示す音は聞こえない。屋敷からは僅かに人の気配がするが、これは緊急事態に起き出した使用人達の物音だろうか。

「……大丈夫、大丈夫、大丈夫。ヒューバード様は無事に帰ってくるの。青と白を信じなさい、メリッサ。白が自分の騎士一人、守れないなんてあるわけがないでしょう」

義母がこの執務室に駆け込んでくるまで、メリッサは自分にひたすら言い聞かせ続けた。

そうしていないと、一瞬で悪い夢の中に引きずり込まれ、最悪の事態を見ることになりそうだったのだ。

「……それにしても、今まで密猟者が竜に被害を及ぼしたとしても、ここまであからさまなのは……」

執務室に駆け込んできた義母とヘレンと共に、温かいお茶を飲みながら、これからについての相談をしていた。

義母は、執務室に入り、メリッサの様子を見た瞬間、一緒に来ていたヘレンにお茶を入れるように申しつけ、メリッサにそれを飲むよう促した。

温かなお茶を飲んでひと息入れたメリッサに、義母は告げた。

「メリッサ、今は心配で眠れないでしょうが、ヒューバードが一度帰ってきたら休みなさいね」

「……お義母様」

ヒューバードによく似た顔で、義母は笑みを浮かべてメリッサの隣に座り、そっと背中を撫でさする。

「私も、旦那様が出かけたあとは、心配でずっと窓に貼り付いていました。……なまじ、武芸を嗜んでいただけに、置いて行かれるのが辛くて落ち着かなかったの。……ヒューバードが帰ってくるまで、二人で仕事を片付けて待っていましょうね。ひとりで待つのはいけませんよ。どんどん悪い方に考えてしまって、家を飛び出したくなりますからね」

母の告げた内容に、思わず笑みを浮かべたメリッサを見て、義母は笑顔のまま、メリッサの頭を撫でた。

それから義母と共にヒューバードの机にあった仕事を、ランプの明かりの下で片付けていく。ゆっくり時間が過ぎていく中で、義母は気を紛らわせるためか、ヒューバードが幼い頃の話を、ぽつぽつとメリッサに聞かせてくれた。

なかなか話しはじめなくて、三歳近くなってから、ようやく話しはじめたこと。

「ヒューバードは、耳で聞く音と、白の女王が話しかけてくる声とが一緒になっていて、区別がつかなかったようなの。いつも話しかけるとじっとこちらを見ているだけで、返事をしなくてずいぶん気を揉んだのよ」

「それ、以前ヒューバード様に聞きました。一生懸命返事をしていたんだけれど、どうして通じていないかわからなかったって。あるとき白の女王が『人は口から音を出してお話ししているのよ。あなたもそうしないと、相手に聞こえないわよ』と教えられて、ようやく通じていなかったことに気がついたって」

　ヒューバードが言葉を学んだのは、白の女王からだった。

　義母も、当時を思い出したのか、くすりと笑ってメリッサに語りかける。

「白の女王の声は、旦那様もお爺様……旦那様のお父様ね。その方も生まれてから一度も声を聞いたことがなかったのだけれど、ヒューバードが話しはじめて、そのときわかったことが、白の女王がずいぶん話し好きだったことと、女性的な話し方をしていることだったわ。……ヒューバードは、白の女王の話を聞いて言葉を覚えたものだから、話しはじめて半年くらい、女性言葉で話していたのよ」

　幼い頃から竜と絆を結んでいると、そんな弊害もあるらしい。思わず笑ってしまったメリッサは、それによって緊張が少し和らぎ、ずいぶん気が紛れたような気がした。

「……夜明けね」

　気がつけば、周囲が朝の鮮烈な太陽の光に照らされ、大きな窓から竜の庭が見渡せた。

　当然ながら、そこには一頭の竜もおらず、わかっていたことだがメリッサの胸に寒風が吹きすさぶ。

「……いつもなら、明るくなった時点で竜達が降りてくるけれど……」

「そうですね。もしかしたら、今日は来ないかもしれないですね」

義母も同じ意見だったらしい。小さく頷き、並んで庭を眺める。

「子竜達はお守りをつけて、庭に来る可能性もあるかと考えたんですけど」

「どんな方法で狩られたのかわからないから、飛ばすことはしないんじゃないかしら」

もし、人が竜を狩るならば、まず地上に落とさなければならない。その状況的に、ようやく飛びはじめ、低空飛行をしている子竜達は真っ先に狙われてしまう。

周囲に成体の竜はいるだろうが、それならそれで落とされた子竜達は成体の竜をおびき寄せる囮にされてしまうだろう。

そう考えれば、竜が子竜を奥に隠してねぐらの中でもなかなか飛ばしたりはしないその理由も自然とわかる。

「……そろそろ王太子殿下のお付きの方々は目覚めはじめる頃でしょうか」

「そうですね。秘書官のカーライル様にお伝えしてきます」

メリッサが立ち上がると、室内にいた侍女がすぐさま傍に付き添った。

いつの間にか、ヘレンと交代していたらしい。そんなことにも気づけなかったのかと、メリッサは僅かに落ち込んだ。

王太子の秘書官であるカーライルは、すでに目覚めて室内にいた。どうやら、今朝方の辺境伯家のただならぬ雰囲気に目が覚めていたらしい。

メリッサが、緊急事態の内容を伝えると、すぐさま王太子に知らせるからとメリッサをその場で待たせて王太子に知らせに行った。

そうして王太子の寝室に通されたメリッサは、ベッドの傍でガウンを着ていた王太子に、緊急事態について直接伝えることになった。

「……竜が」

「はい。ですから現在、庭にいた竜達も、すべて青の竜によってねぐらに召集されました」

顔色を悪くした王太子は、ベッドの脇に腰を下ろし、頭を抱えていた。

「今は、辺境伯がその解決のために動いているのか」

「夫は現在、竜達と共に、まずは亡くなった竜の遺骸をねぐらに戻すために現場に飛びました。あきらかに人の手によって殺害された場合、竜の遺骸はそのまま呪いを内包します。一刻も早く、ねぐらに連れ帰らなければならないそうです」

王太子はそれを聞き、しばらく目を閉じ何かを考えると、傍にいた近衛騎士に問いかける。

「……一刻も早く実行犯を捕らえるのに、辺境伯一人では手が回らないこともあるだろう。すぐに竜騎士の派遣を手配する」

「殿下。しかし、この地から王宮に連絡を入れるとなると、地上からでは遅すぎます。辺境伯ご自身に、派遣を要請する許可を与えるのが最も早いでしょう。そうすれば、辺境伯ならば、直接白の女王に頼み、王宮の騎竜達に連絡を入れられます」

王太子はその言葉に頷くと、すぐに立ち上がった。

「では辺境伯夫人、今すぐ竜騎士隊の派遣許可を書面で用意しよう。辺境伯が帰還次第、竜騎士の派遣を要請するとよい」

「……ありがとうございます」

深々と頭を下げたメリッサに、王太子はもう一つ、と近衛騎士を見ながら告げた。

「クルースにいる近衛騎士達もここに呼びたいのだが、構わないだろうか。この場所は現在緊急事態だというなら、護衛も必要だろう。日頃(ひごろ)は竜達に守られたこの場所だが、その竜の緊急事態だというなら、代わりに私の近衛達でここを警護しようと思う。辺境伯夫人、許可をもらえるか」

「はい。私どもとしましても、王太子殿下がご滞在中の今、夫が警護の手を回せない状況ではそうしていただくしかないかと」

メリッサが顔を伏せたままそう告げると、すぐに部屋の中でざわめきが起こった。

「かしこまりました。今から急ぎクルースに部下を迎えにまいります。辺境伯夫人、馬車を一台、お貸し願いたい。できるなら、あちらですぐにその馬車に乗せ、今日中に帰還したい」

通常の騎士ならば、おそらく最も早い移動手段はそのまま騎馬に乗り、単騎で駆け抜けることだろう。だが、この場所ではそれが認められない。それをしっかり理解してくれているらしいベアードは、近衛騎士の誰かを単騎で馬車移動させるつもりなのだろう。

メリッサは、顔を上げ、それを了承した。

「でしたら、あちらで辺境伯家の馬車を手配してもらえるよう、手紙を認めます。同じ馬車ですと、馬の疲労でまともに走れないでしょうし、こちらから駆け抜けるのは軽い少人数用の馬車の方がいいでしょうから、あちらであらためて残りの騎士達が乗れる大型の馬車を支度させましょう」

メリッサがそう伝えると、ベアードは王太子とメリッサに敬礼をして、慌ただしくなった近衛達を従え、部屋を立ち去った。

「辺境伯は、いつ頃帰還するだろうか。竜騎士隊への連絡はできるだけ急いだ方がいいだろうが……こうなると地上から連絡するための時間がかかるのはもどかしいな」

「申し訳ありません。夫がいつ帰ってこられるのか、私どもにもわからないのです」

せめて庭に竜が残っていれば、とメリッサは思う。

どの色の竜でも、ひとまず辺境にいるヒューバードに知らせることならできるだろうし、紫がいてくれれば、かなり省略した形にはなるが、王宮にいる竜騎士隊に出動待機してもらうことくらいはできただろう。

そのどちらもできない以上、今できることをやるしかないのだが。

「それでは、私は近衛隊の方達のために、馬車の支度をしてまいります。近衛隊の方が馬車止めに来ていただければ出立できるよう、用意しておきます」

「ああ、よろしく頼む」

メリッサが淑女の礼をおこない、部屋を下がろうとしたとき、王太子のつぶやきが耳に届く。

「王竜の懸念は、まさに今のような状況のことなのだな……」

それは、秘書官であるカーライルに向けての言葉だったらしい。そのつぶやきは、後悔を滲ませるような口調だった。

近衛隊の中で比較的小柄な騎士が、ひとり用の馬車に乗り、クルースへと向かってから半日。辺境の空はいつも以上の緊張感に溢れていた。

ひっきりなしに竜達が飛び交っているのはいつものことだが、その速さが尋常ではなかった。

何度も上空を飛び抜けていくが、一頭も辺境伯邸の庭には降りてこようとはせず、通り過ぎてしまう。

「……闇雲に、怪しい人物を探しているようね」

「ええ。色も琥珀ばかりなところを見ると、まず理性を抑えられない竜を飛ばせているのだと。それでも一頭ずつではなく、何頭かが組みになって飛んでいるようですから、青が統制を取っているのではないかと思うのですが……」

義母と共に、何度も飛び抜ける竜達を見つめながら、先ほどから同じ会話を繰り返している。

義母もメリッサも、心の底で思っている言葉はまったく別のことだった。

この状況になり、まず真っ先に竜達の統制を一緒に飛びながら取るはずの白の女王とヒューバードが帰ってこない。

今まで、青の竜が生まれる前も、この地で問題が起きた場合、紫達がねぐらを守り、白の女王が実際の現場、つまり空に出て竜達を統制していた。

白の女王には当然その騎士であるヒューバードも付いており、人の戦術を竜達が生かすためにはその方が効率的であるという理由らしい。

今、竜達は三頭編成で飛んでいるが、あきらかに統制を欠いた飛び方をしていた。義母が言う通り、闇雲に、という言葉が相応しい状況だ。

青の竜は、過去の青の竜の記憶と、現役の竜騎士の騎竜達、なにより白の女王からの記憶も引き継いで、ある程度人の戦術についても記憶があるのだろうが、それを実際使うとなると難しいのではないかと思う。

……現在、白の女王とヒューバードはいったいどこで何をしているのか。少なくとも、空にはいないのだろうと思うと、メリッサは心が騒ぎ、落ち着かなくなる。

うるさく鼓動を刻む心臓の上でぎゅっと拳を握り、ただひたすらヒューバードの帰宅を待つメリッサの前で、ゆっくりと空から降りてきた竜がいた。

「……紫！」

それを見た瞬間、メリッサは庭へと駆け出していた。

お付きの侍女をはるか彼方に振り切って庭に飛び出したメリッサは、一直線に庭を突っ切り、紫の竜に駆け寄った。

ずんぐりとした小さめの体、僅かに赤みがかった紫の鱗。それは、現在ねぐらにいる紫の竜達の中で最も若い、かつて暁と呼ばれた紫の竜だった。

「紫、来てくれてありがとう。いったいどうしたの？　何か用があるの？」

メリッサは、とっさに手に取って持ってきたチシャの葉を紫の竜にやりながら問いかける。

ギュー、ギュル

紫の竜は、メリッサの言葉を理解したらしく、鼻先を擦りつけてから、その場に腰を下ろした。この場で眠るつもりなのか、丸くなった姿でメリッサに視線を向けて、小さな声で鳴いて見せた。

「……もしかして、連絡係？」

ギュウア！

この紫は、どうやらこの場で何かあったときのための連絡係として、この場所にいてくれるつもりのようだった。

それを考えついたのが青の竜なのか白の女王なのか、それともヒューバードなのか。それはわからないが、メリッサはひとまずその意思を示してくれた紫の竜の鼻先を両手で自分のほうに向けながら、まっすぐ瞳を合わせた。

「さっそくだけど、ひとつ聞かせてね。……白の女王は、元気？」

ギュア

肯定だった。

メリッサは、目頭が熱くなるのを感じながら、それでも紫の竜に向け、言葉を続けた。

「じゃあ、紫。白の女王に伝えてほしいの。『王子』『竜騎士』『王宮』『呼ぶ』よ。お願い！」

ギュアァウ！

紫の竜は、まるで返事をするようにメリッサに答えると、その場で大きく鳴いた。その声で周囲を飛んでいた琥珀達が一斉に四方に飛んでいったが、構うことなく鳴き続けている。しばらくそうして鳴き続けていた紫の竜は、ある瞬間ぴたりと鳴くのをやめて、メリッサに視線を向けた。

グルゥ

まるで褒めてと言わんばかりに鼻先を突きつけてきた紫の竜に、メリッサは思わず笑みを浮かべ、ぎゅっと抱きついた。

いつもなら、青の竜と白の女王以外にはここまで接触することはなかったが、その瞬間は感情が抑えられなかった。

「がんばってくれてありがとう、紫！」

白の女王に間違いなく伝わった。紫の竜は、その確信がある。それだけのことだが、とてつもない安堵感をメリッサにもたらしていた。

どんな状況なのかわからないが、白の女王は無事である。つまり、ヒューバードも無事なのだ。

こちらの状況を気にすることができるくらいに青の竜と白の女王が無事ならば、状況は最悪とはほど遠い。

メリッサは、再びヒューバードを待つために、紫の竜と別れて執務室へと向かったが、その足取りは先ほど紫の竜を見た瞬間の焦りを感じる姿とはほど遠かった。

その日の日没間際、複数の羽ばたきの音がコーダに響いた。

夕刻になり、高速で飛び回っていた竜達もねぐらに帰ったあとだったため、その音は屋敷の中にまで響く。その音を聞き、辺境伯邸にいた人間は、もれなく窓に縋りついた。

その集団は、先頭を白の女王が務め、背後にいた竜達は木と金属でできた何かを運んできているようだった。

メリッサはすぐさま外に向かったが、残っていた義母とハリーは、白の女王が従えている竜達を見て、表情を曇らせた。

「ヒューバード様！　お帰りなさい！」

白の女王が屋敷に帰ってきたのを見てすぐさま駆け寄ると、地に降り立ったヒューバードはすぐに両腕を広げ、メリッサを出迎えた。

メリッサはその腕の中に飛び込むと、ざっと目を走らせ、ヒューバードの体に傷などがないかを確認する。

怪我などはない。装備も傷んでいるところはない。だが、妙にほこりっぽかった。

土の匂いと低木の細かい枝の欠片がコートの裾に付いていて、あきらかにねぐらの地面で何かを作業していたとわかる姿だった。

だが、何をしていたのかがわからない。

「メリッサ」

そうして観察していたメリッサは、ヒューバードの声に釣られて顔を上げ、自らの顔に影が差していることに気がついた。

メリッサの頭上から降ってくるのはヒューバードからの口づけで、口を塞がれたメリッサはそれを素直に受け入れる。

生きている。

白の女王の背中に乗って、いつも通り降りてくる姿を見て、あんなに焦燥に駆られ、おろおろしていたことが信じられないほど、落ち着いた。

「遅くなってすまなかった」

ヒューバードが、少しだけ困ったように眉根を寄せている。それを見たメリッサは、首を振ってあらためてぎゅっと胸元にしがみついた。

「無事に帰ってきてくださったなら、それでいいです。それに、紫も来てくれましたから」

「ああ、伝言は受け取った。竜騎士隊に派遣を要請した。明日の朝には到着予定だ」

「良かった」

メリッサは安堵の笑みを浮かべ、今も竜の庭の中でメリッサのほうを見ていた紫の竜に小さく手を振り感謝を表した。

「あの紫は、他の大陸から来た竜だから、まだこの大陸の竜達との繋がりが薄いらしくてな。この距離なら直接音で届けたほうが早いと思ったらしい。突然大きな声で吼えられて、驚かなかったか？」

問いかけられ、思わず紫の竜を見て、首を傾げる。

「吼えたと言っても、その前に白の女王に伝言を頼んだのは私でしたし、ここからなら吼えても聞こえるんだと思っただけでした」

笑みを浮かべてそう告げたメリッサは、そのときヒューバードの腰に、剣以外の鉄の棒のようなものがくくりつけられているのを見つけて問いかけた。

「……ヒューバード様、腰に剣と一緒にくくりつけられているのは何ですか?」

ヒューバードは、主な武器として槍を使う。剣はあくまで槍が振れない狭い場所などで使う予備武器として身に着けるだけだ。竜の負担を増やすのを嫌うため、基本的に竜騎士はあまり武装を増やすことはないし、増やすとしても荷物として積み込む場合のみだ。

メリッサの疑問に、ヒューバードはしばらく気まずげに沈黙し、そして意を決したように口を開いた。

「……これを探していて、帰ってくるのが遅れたんだ」

「……はい?」

首を傾げたメリッサをそのままに、ヒューバードは義母と共に屋外に出てきたばかりのハリーに告げた。

「ハリー、今帰った。すぐに王太子の近衛隊長と国境警備隊長を呼んでくれ。少し聞きたいことができた」

「は、はい」

帰宅の挨拶もそこそこに、突然用件を告げられ、足早に再び屋敷に戻っていったハリーの背後で、義母は怪訝な表情で竜の庭を見つめていた。

義母の視線を辿ると、そこには白の女王に付いてきた緑の竜が、自らが運んできた木材と金属の何かを守るように立ち塞がっていた。

「……ヒューバード」

「母上、ただいま帰りました」

ヒューバードがそう挨拶しても、義母はヒューバードに近寄ろうとはせず、少し離れた場所でその姿を確認するように視線を巡らせていた。

そして義母は、ヒューバードの腰にあった剣と鉄の棒を見て、大きく目を見開き、固まった。

顔色はどんどん悪くなり、まるで全身の力が抜けたように、膝から崩れ落ちた。

「お義母様⁉」

慌てて駆け寄ったメリッサとヒューバードは、それぞれが左右について、義母の体を支えた。

義母は、左側の体を支え、体を起こしたヒューバードの腰に付いた鉄の棒に手を伸ばし、顔を上げると白の女王に視線を向けた。

「白の女王は……無事なのですね？」

どこか呆然とした声でそう問いかけた義母に、ヒューバードが静かに答えた。

「もちろんです」

ヒューバードが頷くのを見た瞬間、義母は額を押さえ、ぐらりと前に倒れ込んだ。

ヒューバードと二人、義母の体を支えていたメリッサは、とっさに義母の体を正面から抱き留める。

「お義母様！　誰か！」

使用人に声を掛け、なにごとかと顔を出していた使用人に、入り口のすぐ傍にある客人の待機部屋に義母が休める場所を作らせた。

ヒューバードが義母を抱き上げ、メリッサも共にその部屋に向かうと、カウチにその体を横たえさせた。

「メリッサ、母上を頼む」

ヒューバードは、この後先ほど呼び出した近衛隊長や国境警備隊長と話があり、ここに付いているわけにはいかない。

それを理解しているメリッサは頷いたのだが、それを制止したのはカウチで横たわる義母だった。

「ここは大丈夫だから、あなたもお行きなさい、メリッサ」

「で、ですけど……」

離れがたいとその顔で訴えるメリッサに、義母は微笑み、ヒューバードについて行くようにと命じた。

「しばらく、ひとりにしてほしいの。少し体を休めたら、部屋に戻ります」

「お義母様……あの、お医者様の手配はいかがしましょうか」

義母が倒れた理由は、メリッサにはわからない。だが、少なくとも病の兆候は義母に見られなかった。だから本人に問いかけたが、案の定必要ないと断わられた。

「大丈夫です。……白の女王とヒューバードが無事だったと思ったら、気が抜けてしまっただけなの。……心配をかけて、ごめんなさいね」

「いえ、そんなことは……。侍女を外に待機させておきますね。お部屋に移動する際は、侍女にお声掛けください」

義母はそのまま目を閉じたため、メリッサは侍女から膝掛けを預かり、義母にそれを掛けてから、ヒューバードと共に部屋をあとにした。

扉の外には侍女長へレンが控えており、あとを任せてメリッサもヒューバードについて行く。

「お義母様……ヒューバード様、お義母様が衝撃を受けたその鉄の棒は、いったい何なんですか？　お義母様は、心当たりがあったんですよね」

その問いかけに、ヒューバードはあっさりと頷いた。

「……この鉄の棒はな、対竜兵器の固定大型石弩(いしゆみ)に使われる矢だ。……そして、私の父の竜がこれに撃たれて亡くなったんだ」

ひゅっと息を呑(の)む。

「ちょうど首と翼に当たって、ほぼ即死状態だった。当然、それに騎乗していた父も共に落ち、その衝撃で亡くなった」

愕然としたメリッサは、それをヒューバードが持っている意味を悟り、正面に回り込んで両手を掴んでヒューバードの足を止めた。

「まさか……撃たれたんですか⁉　白とヒューバード様が、あれで⁉」

「ああ。三台ほどが設置され、一気に放たれた。だが、対竜兵器への対策は竜騎士隊で訓練している。だから白は撃たれた矢を尻尾ですべて打ち返し、石弩も残らず打ち壊した。その残骸が、竜達が運んできた木切れと金属片だ」

それを聞いて、メリッサの体も先ほどの義母のように力が抜ける。

恐怖で歯の根が合わず、震えながらヒューバードにもたれかかり、ぎゅっと正面からその体を抱きしめた。

ヒューバードは、もたれかかるメリッサを抱きしめ、ひょいと横抱きにする。

「白が打ち返した矢は、証拠品になる。だが、打ち落とした方向がばらばらでな。それを探すのに手間取って、こんな時間になったんだ」

そう言って苦笑したヒューバードは、メリッサを慰めるように、自然と零れていたメリッサの涙を口づけで拭う。

「ど、して、こんな、怖いんだろうって……待つの、いつもだったはずなのに、心が騒いで、落ち着かなくて……っ」

「怖い思いをさせてすまなかった。大丈夫だ、あんな過去の武器で、白は落ちない」

ヒューバードは言い聞かせるように、メリッサの耳元でつぶやく。

「ヒューバード様……」

「存在さえわかっていれば、対策は考えるさ。父が亡くなってそろそろ八年だ。八年前の兵器なら、すでに対策はすべての竜に伝えられているし、今さらかかる竜もいない。だからこそ、そんなものを今さら持ち出した者を調べるために、残骸と矢をすべて拾って持って帰ってきたんだ」

ヒューバードは、抱き上げたメリッサを運びながら、何でもないとばかりにゆったり歩く。

そのいつもと変わらぬヒューバードを見て、本当に何でもないと思っていることがわかる。だからこそ、メリッサも次第に落ち着いてきた。

「……それは、人が使う武器なんですよね？　襲撃者はどうなったんですか？」

「逃げられた。白は匂いを覚えたらしいが、他の竜達にもあの壊れた石弩を使って匂いを覚えさせる」

メリッサは状況を思い浮かべたが、白の女王とヒューバードが揃って[そろ]いて逃げられたのが信じられず、首を傾げるしかなかった。

「その石弩は、どこに設置されていたんですか？」

「渓谷にある、昔使われていた監視所だ。昔、竜の動向を調査するために作られた場所だ。崖の上にある小屋のようなところで……昔、メリッサが連れ去られたときに使われていたのと似た感じの小屋がキヌート方面にもあって、そこの中に据え付けられていた」

それを聞いた瞬間、メリッサの体は硬直した。

ヒューバードは、そんなメリッサの体がほぐれるよう、抱きしめて背中をぽんぽんとあやすように叩く。

「その小屋は、昔撤去したはずだったんだがな、しっかりと再建されて利用されていた。竜達も、夜の間にひっそり作られたそれの存在に気がついていなかったそうだ」

夜、竜達が寝静まったあとに小屋を建て、その中に石弩を備え付けていたそうだ。

白の女王は、その屋根をまずは薙ぎ払い、その身体能力で一気に背後から襲いかかり、そのまま石弩を壊したらしい。

「そんな場所で……でも、その状況で、どうやってその犯人は逃げられたんですか？」

渓谷のほとんどの場所は、人が隠れるのも難しい低木しかない荒野であり、人が逃げる姿は特によく見えそうなものなのに、どうやってと思ってしまった。

しかし、どうやら相手はとことんまで竜の習性を知っているらしい。

その犯人は、なんと浸食でできた穴を利用して渓谷の底に降りる道を作り、逃げ出したそうだ。その後、なんと川に飛び込んだらしい。

「白がその掘っ立て小屋の屋根を吹き飛ばした時点では犯人は間違いなくいたんだが、石弩を壊している間に気がつけば姿が見えなくなっていた」

「つまり、どこかに抜け道があり、そこから下まで降りた、と」

「……その逃亡の様子を見て、誰の仕業かはわかった」

メリッサがはっと顔を上げると、ヒューバードは真剣な表情でまっすぐ前を見つめていた。


ヒューバードが呼び出した王太子の近衛隊長であるベアードは、王太子も伴い会議室に姿を見せた。

「辺境伯、無事でなによりだ」

安堵の表情でねぎらいの言葉を告げた王太子に、ヒューバードは頭を下げ、礼をのべた。

「竜騎士隊出動要請の許可をありがとうございました。すでに竜騎士隊には要請を出し、認められました」

「そうか！」

王太子には、一応紫の竜に伝言を伝えたことは知らせていた。

紫の竜に伝言を託したことを伝えれば、驚きの表情で庭にいた紫の竜を見て、その伝達方法について首を傾げていたとメリッサに聞いた。

そして会議室に、国境警備隊長が顔を出した時点で、メリッサはそっとヒューバードに問いかけた。

「あの、私はこの場にいても、いいのでしょうか?」

「ああ。メリッサにとっては辛い話かもしれないが、この場は派遣された竜騎士達の待機場所になる。騎竜達の管理をメリッサも手伝ってもらいたいんだ。そのために、話を聞いていてほしい」

そう言われると、メリッサは話を聞くしかない。大人しくヒューバードの隣に用意された席に着いた。

「辺境伯閣下。亡くなっていたという竜は、どのような状態だったのでしょうか。ねぐらの竜達の興奮は、いかほどでしたか」

そう問いかけたのは、国境警備隊長だった。

国境警備は、まさに竜達の行動範囲での任務に当たるため、竜達の様子はなにより重要となる。竜達が忙しなく飛び回る現在の状況では、国境への接近すら許されない。そのため現在、キヌートとも相談し国境は一時封鎖していると報告がされた。

「その点だが……まず遺骸の状況から、人の手による殺傷だということは判明した。遺骸は緑の竜。空を飛んでいたところ何かを発見し、降りたところを狙われたようだ。翼膜が破られ、飛べなくなったところを狩られたようだ」

その状況を聞き、メリッサは立っていたらそのまま倒れてしまいそうなほど、衝撃を受けていた。いったいどの緑がそんな悲しい状態になってしまったのかと思うと、胸が潰れそうだ。寸前まで空を飛んでいた竜なら、メリッサもきっと顔を見たことのある竜だろう。緑は数が多いが、一頭一頭の顔を思い出し、メリッサは思わず零れそうになった涙を拭うため、うつむいた。

「それでは、昨日から空を飛んでいる竜達は、その犯人の痕跡を探しているんだろうか？」

「その通り。国境警備隊は、引き続き国境は封鎖を継続。解放できるようになったらあらためて知らせる。現在国境に留まっている人数は？」

「幸い、こちら側は王太子殿下のご滞在の影響で二人ほどでした。その二人は、今日の警備隊の移動と合わせて、コーダに移送が完了しております」

国境では、竜が落ち着かない状況を観察し、あらかじめ決められた作戦を遂行中であると報告された。つまり、国境の封鎖と同時に国境付近の出入りの監視強化である。

「それでは、私どもは密猟者の発見に移行すればよろしいですか？」

そう国境警備隊長が告げたとき、ヒューバードは難しい表情で首を振った。

そして国境警備隊長と近衛隊長の前に差し出したのは、あの鉄の棒だった。

二人とも、それが何なのかはわかったらしい。揃って息を呑み、厳しい表情でヒューバードに視線を向ける。

「それはまさか、対竜兵器の矢か？」

怪訝そうな表情でそう告げたのは、王太子だった。どうやら王太子も、その存在を知っていたらしい。

「その通りです。これで、白の女王が狙われました」

それを聞いた隊長二人と王太子は、揃って目を見開き、驚きを露わにした。

「なっ……辺境伯は、そのとき乗っていらっしゃらなかったのか？」

「もちろん、騎乗中でした」

そうヒューバードが告げた瞬間、二の句が告げられないとばかりに愕然とした隊長二人の横で、ますます怪訝そうな表情を王太子は見せていた。

「元竜騎士隊長、白の竜騎士ヒューバード」

「はい」

王太子は、しげしげと鉄で作られた大きな矢を見ながら告げる。

「これの対策について方法を考案し、竜騎士達すべてにその訓練を課したのは、貴君だった。間違いないな？」

「はい。当時辺境伯がその武器で狙われ、墜落した事件を鑑み、それ以降の竜騎士達と騎竜には、全員にその訓練を必修としております。現在、竜騎士隊長は代わりましたが、それは訓練の内容として引き継がれている旨、報告されています」

淡々としたヒューバードの言葉に、その場にいる軍人達と王太子は揃って頷いた。

ひとりだけ、不安を表情に見せながらその場に座っていたメリッサに、王太子がすっと手に持っていた矢を差し出しながら説明を補足してくれた。

「辺境伯夫人は、さすがに対竜兵器についての知識はないようだ。……これはな、ひとりでは使えない大変重い武器なんだ」

「ひとりでは……ですか」

「そう。まず、大型の据え付け機なので、別方向を狙いたければ土台を回転し、方向を変えなければならないのだが、そんなことをしていれば、竜達は先に気づく。夫人は空を飛ぶ竜達の速度は知っているだろう。あの速さの竜を狙うのに、そんなのんきなことをしていれば、まず先に見つけられる。そのため、この兵器は、使う際に竜達に見つからないように隠して建造し、確実に竜が通るだろう場所に狙いを定め、一発撃って終わり、という品なのだ。そんな目立つものがあれば、空からならば射程圏外から見て、いくらでも対策ができてしまう。つまり、最初の一撃に気づけば、あとはどうとでもなってしまう役立たずな武器なんだ」

上空に岩を持って飛び、射程圏外からその岩をその周囲に落とすだけで、もう打てはしなくなる。そういう武器らしい。

メリッサは、怪訝な表情を隠すことなくその話を大人しく聞いていた。

「しかも、これを撃てる状態にするには、最低でも三人がかりで弓を引かねばならない。石弩というのは機械式で、巻き取りを機構でおこない、発射はレバーでおこなうのが普通だが、これは上空を狙うために大変強い力が必要でな。屈強な男で三人、普通の兵士なら、四人五人で巻き取りをおこなうのが普通なのだそうだ。それだけやっても、矢がこの太さ故にすぐに勢いは落ちてしまうため、有効射程距離は思ったほど広くはない。上空を狙うならばさらに短くなる。有効範囲を広くするなら、矢はもっと軽いものに変えればいいが、そうすると竜の鱗は貫けなくなるため、対竜兵器としての存在意義はなくなる」

メリッサは、沈黙したまま、手元に置かれた矢を眺める。

確かに扱うのは大変な武器だが、これで実際に墜落してしまった竜がいる。しかもそれがヒューバードの父とその騎竜だというなら、その存在は義母にとってはただの悪夢でしかないだろう。

「竜というのは、体の色によって身体能力も跳ね上がると聞いている。白の、しかも騎士が付いている竜を、この武器で狙うというのは、無謀としか言いようがない」

「ひとつだけ、先ほどのお言葉に訂正を」

冷静な表情で、ヒューバードは王太子に告げる。

「一撃を入れるだけなら、先に準備さえしておけばレバーを引くのはひとりで可能です。事前に方角を設定し、巻き取りをおこなっておけばいいのですから」

その言葉に、軍人ひとりが立ち上がる。

「つまり、実行犯はひとりだったのか？」

ベアードの言葉に、ヒューバードは頷く。

「ああ。そのひとりについては、白の女王が匂いと顔を覚えたので、おそらく人に紛れていても探せる」

「むしろ、その状況で逃がしたのか？」

「……逃走経路はわかった。ついでに、あいつらが密猟後にどうやって竜達に追われることなく逃げおおせられていたのかも理解できた。……が、用意なく追いかけることは不可能だった。なにせ、川に飛び込み、地下水路に落ちていったので」

ヒューバードは難しい表情でそうつぶやいたが、その様子を見ていた室内の人間は、もれなく愕然とした。

メリッサが呆然と口にした疑問に、ヒューバードは少しだけ首をひねりながら答えた。

「地下水路、というのは何ですか？」

「渓谷の底の川は、竜のねぐらからいったん地下に流れ込んでいる。犯人はそこに呑まれていった。竜達に、出口とおぼしきところを見張ってもらっていたが出てこなかったので、おそらく内部に他に繋がる出口があるんだろうな。……よく見つけたものだ」

しみじみとそうつぶやくヒューバードに、ベアードが告げた。

「……その犯人は、何のために白の女王を狙った？　対策された武器で、現在存在している中で最も狙いにくいだろう竜を狙う意味は何だ？」

「その通りだ……。野生の竜達ならまだしも、竜騎士隊の騎竜達の練度を上げ、兵器の対策もまずは白の女王が考案し、実行したと聞いている。そんな白の女王に対して、最も対策された武器を向けたのは何のためだろう」

王太子も、訝しげな表情で首をひねる。

「しかも、竜達が殺気立っているときに、となるとなおさら疑問だ。よほど自分達の隠蔽に自信があったのか？」

国境警備隊長も、不思議そうに自分の意見を口にする。

部屋の男性達がひたすら首をひねっている間、メリッサはヒューバードを狙ったという鉄の矢を凝視していた。

義父の竜を殺害し、今またヒューバードを狙ったその武器を持つ手が、細かく震えている。

対策していると言われても、もしこれが翼に当たっていたらと思うと、メリッサも倒れそうなくらいに足元がおぼつかなくなる。

だが、倒れたところでヒューバードの危険がどうにかなるわけではない。

メリッサは軍人ではない。戦いには素人で、武器など今まで触れたことはない。そんなメリッサが考えたところで、役に立つ意見を思いつくとは思えない。

だが、メリッサは、たったひとつ自分でも役に立てることに気がついた。竜のねぐらの奥底を、最も自由に動き回れるのはメリッサであり、現在青の竜のねぐら付近、つまり渓谷の底について最も知識があるのはメリッサだ。

「……ヒューバード様は、これを使用したのは密猟者だと考えていらっしゃるんですよね」

川に逃げたという話に、以前密猟者についての報告がもたらされたときに聞いた、川を利用してキヌートへ、という話を思い出す。

密猟者がどうやって竜のねぐらに入り込み、また獲物を携え逃げているのか。

その行方（ゆくえ）を知ったのは、隣国キヌートの王子が指揮する密猟団の行方を追う専門部隊が組織されたことからだった。その組織の調査で出てきたのが、その川を使った運搬方法だったのだ。

あのねぐらの底にある竜達の水飲み場の川が、隣国キヌートの河川に合流していることすら知られていなかったため、イヴァルトの関係者は全員が驚愕（きょうがく）したのである。今もその合流地点がどこにあるのかは謎（なぞ）だったのだ。

地下で合流しているというヒューバードの判断は、ほぼ正解だと思えた。

「ああ。躊躇（ためら）いなく川に飛び込んだからな。あれはそこに入れば竜も竜騎士も追えないと知っていないと、さすがに逃走手段として選びはしないだろう。そして今のところ、それを知っていそうなのは密猟団だろうと思われる」

体の大きな竜達にとって、あの川は足首程度の深さの小川くらいのものだ。当然川に入って地下に続く穴など、入れるはずもない。

その、入れるはずがないという部分は、竜達にとっては大切な存在を失うほどの衝撃を与えるらしい。子竜や人ならあの穴に入れてしまうが、入ってしまうと、存在を追うことができなくなる。竜達は子竜でも竜騎士でも、あの川に入ろうとするのは断固として拒否するらしい。

そのため、あの川の出口について、複数あるとわかっても調べることはできなかった。

それについては、竜達の行動を見ることができるものなら、子竜達への態度ですぐにわかる。

最初に地下水路に気がついた密猟者達は、竜達の追跡を振り切る手段としてあの川に入ったのかもしれない。今、迷いなく飛び込めるのは、おそらくそこを長年利用し、経路を理解している、もしくは利用できるように整備でもしたのかもしれない。

そしてヒューバードを襲った犯人は、それを理解していた。

つまり犯人は、川を利用して何かをしていた集団、密猟団か、その関係者の疑いが強い、ということになるだろう。

「……それなら、密猟団の狙いは、何なのでしょうか。竜？　それとも……ヒューバード様？」

メリッサの視線は、ヒューバードに向けられていた。その視線は僅かに揺れており、それはメリッサの恐怖心を如実に表している。

「もし、竜が密猟者に狙われ、気が立っている場合、ヒューバード様が最初におこなうのは何でしょうか」

「竜を落ち着かせに行く。犯人達がどこにいるにせよ、人は人の手でも捕まえられる。だが、竜達は、気が立てばどこを襲いに行くのかわからない。そうなったとき、もし人の街を襲えば人々の敵対心を煽る。密猟団は国境警備隊に国外に出る前に止めてもらうしかない。だが……地中にある河川を利用されて逃げられていたとすれば、国境警備隊では捕縛はできないな」

それについては、メリッサにも理解はできている。

なにごとかがあったとき、辺境伯はまず竜を抑えに行く。辺境伯がたったひとり、この地の竜と人を繋ぐ存在であればこそ、そうせざるを得ない。

その場合、犯人は見送り、竜の元に駆けつける。そして犯人に関しては、国境警備隊に通報する。これが手順となる。

「それならば……密猟団はヒューバード様をこそ、狙っていると考えます。その囮として、竜を……など考えたくはありませんが」

メリッサがそう告げると、ヒューバードも頷いた。

「だが、そうだとすると、いったい何の理由で辺境伯は狙われた？」

国境警備隊長の言葉に、メリッサは悲痛な表情で沈黙した。

同じように沈黙していた王太子は、首を振りながら唸るように告げる。

「現在、辺境伯家の血筋は、ヒューバード・ウィングリフしかいない。初代青の騎士の血を受け継いだものは、たったひとりしかいない。……つまり辺境伯が亡くなれば、間違いなく竜達にもイヴァルトにも、混乱が起こる。……犯人とやらがその混乱を起こしてどうするのかはわからなくとも、理由などその一点でいい。その一点を防げなければ、どのみちそれ以外の何かに拘(こだわ)っていられるような余裕など、我々に残りはしないだろう」

その状況を思い浮かべた人々は、揃って沈黙した。

「辺境伯。ひとつ提案がある。もちろんこれは、まだ戦略など知らぬ子供の戯言(ざれごと)だと、そう思うなら取り入れる必要はない」

突然の王太子の申し出に、ヒューバードは一瞬近衛騎士のベアードに視線を向けた。ベアードは小さく首を振って、自分の意見ではないことを示した。

「今回、竜が人によって殺害された事件と、辺境伯への襲撃事件、双方を同時に我々が解決するのではなく、手分けするのはどうだろうか」

「……手分けをするのは構いませんが、誰が参加をするのでしょうか。派遣される竜騎士は、さすがに部隊すべてではありませんが」

ヒューバードのその問いかけに、王太子はうん、と頷きまっすぐに正面を向いて告げた。

「竜は、キヌートとの国境付近で亡くなっていた。それなら、キヌートの密猟団対策部隊にも話を持っていき、共同捜査ができるのではないかと思う。もとより、密猟団の組織は、我が国よりも圧倒的にキヌートのほうが多い。今も継続して密猟団の調査をしているというキヌートなら、調査も不可能ではないだろう。竜騎士のひとりをつければ、こちらとの連携も問題はないはずだ」

「確かに」

ヒューバードは静かに頷いた。

「一方辺境伯は我が国の貴族であるから、その襲撃事件とあれば国軍を動かしても問題はない。我々は、辺境伯の襲撃事件について、調査をするべきだと思う。もちろん、ふたつの事件が連動していることが疑われている現在は、双方の連絡も密にするべきだろう。定期的な報告会議は必要だろうから、本部は国境警備隊の詰所かここコーダに置くことになるだろうが……」

王太子は静かにそう言い切り、ヒューバードに視線を定める。

「どちらにせよ、辺境伯はしばらく出ない方がいいのは間違いない。……そもそも、広大だと聞いている竜のねぐらの、どの地点で狙えば辺境伯を狙えるのか、少なくとも逃亡した射手は知っていたということだろう。いくら白の女王が守れるからと、無理をするのはいけない。しばらくあと詰めをした方がいいだろう」

王太子の言葉に、その場の人々も納得したらしい。軍の関係者も、そしてヒューバードとメリッサも、頷くしかなかった。

メリッサはその日の夕食後、義母の部屋を目指した。

義母は結局夕食も欠席し、部屋で休んでいる。それでも、何をどうするのか、これからの捜査などについても報告しておかなければならないため、メリッサが出向いたのである。

侍女に義母の部屋への訪問の先触れを頼み、ついでに義母に夜食を運ぶ。

部屋に到着し、ノックをすると、室内から入ってくるようにと義母の声が聞こえて、メリッサは胸を撫で下ろした。

義母の声が、平静な状態で、しかもしっかり起きているとわかったためだ。

室内に入ると、義母は何かの書類を積み上げ、それを眺めていた。

「お義母様、お夜食とお茶をお持ちしました。お仕事でしたら一時休憩をなさいませんか？」

真剣に書類に向かうその顔は、やはりヒューバードにそっくりだ。だからこそメリッサは少しだけ心配になる。

ヒューバードが同じ表情で仕事に向かっているときは、我が身を省みず、仕事に没頭していることが多いためだ。

「……ありがとう、メリッサ」

義母は手にしていた書類を書類入れに戻して立ち上がった。そしてティーテーブルに歩み寄ると、メリッサが手にしていたティーポットを見て、苦笑した。

「侍女に命じてもよかったのですよ？」

「ご報告しなければならないこともありましたので」

夜食として用意されていたのは、スープだった。義母に必要かを問いかけようと視線を向けたとき、その手元を見て頷かれたので、そのままよそう。

パンは小さめに作られたロールパンで、これも厨房で焼きたてが用意された。

「お義母様が召し上がっている最中で申し訳ないのですが、ご報告してもよろしいですか？」

「ええ」

義母の了解を得て、ふたつの事件と今後の捜査について、義母に報告する。

メリッサがあの場に同席したのは、家内の取り回しのためだ。今後、どこに拠点が置かれるにせよ、竜騎士の本拠地はここになる。人の出入りも増えるため、采配も必要となる。

元は義母、もしくはハリーが担っていた役割である。

メリッサは、今日の話し合いで出てきた話題をひとつひとつ、義母に給仕をしながら説明した。

「……という理由で、今後竜の殺害に関しての捜査はキヌートと共同で、ヒューバード様の襲撃事件に関しては、国軍を動かしても構わないと殿下からのお言葉でした」

「……そう」

最後のお茶を飲みながら、義母はただそう述べた。

静寂の中、義母が立てる僅かな衣擦れの音が響く。

「……ねえ、メリッサ」

「何でしょう、お義母様」

義母の言葉に、一も二もなく答えるメリッサに、ため息交じりの問いかけが成される。

「……どうして白の女王に、相手の矢は届いたのかしら」

義母の問いかけに、メリッサは答える言葉がなく首をひねった。

「どうして、とは……」

「あの武器は、有効範囲がとても狭い。私は以前、騎士をしていたときに実際触れたこともあるので知っています。キヌートでは竜の被害がひどいときは竜への攻撃が許されていました。その実戦に使えるよう配備されていましたから、実際に撃ったこともあります。……その経験から考えれば、どうしてあの武器で白の女王が狙えたのか、そして白の女王が打ち返せるほど近くまで届いたのか、不思議でしょうがないの」

かつて騎士だった義母は、どこか遠い眼差(まなざ)しで、ランプで揺れる炎をじっと見つめていた。

「私の夫は、戦場で少し離れた場所で支援行動をおこなっていたとき、敵の流れ矢が当たったと、そう言われたの。実際、夫は戦場ではなく、少し離れた場所で兵站(へいたん)の任務に就いていた。だから調べたのです。……本当に、流れ矢なんて存在したのか」

義母は、ぼんやりとランプを見つめながら、まるで自分に聞かせるように小さな声で続けている。

「空に上がることは、私にはできません。ですが、陸の……戦場でしたら心得があります。ですから断言できます。……あれは味方の連合軍から飛んで来た矢が当たったのだと」

「お義母様……」

「当時、ヒューバードも前線にいて……戦場で、旦那様と騎竜の検視に立ち合ったのはあの子だったの」

　メリッサは、静かに義母の話をただ聞いていた。相づちを求められているわけではないことはわかっていたので、聞いていることしかできなかったのだ。

「それを白の女王は覚えている。ヒューバードが、自身の父親を亡くしたその姿を見ているからこそ、よけいにあの武器に関しては竜達にも対処を覚えさせたのだと……。それなのに、どうして白の女王は、そんな間近にあの石弩があることに、気づかなかったのか。……そしてあの広い竜のねぐらで、どうして白の女王の降りてくる位置が正確に割り出せたのか」

　メリッサはあらためてそれを説明され、確かに不思議だと思った。しばらく部屋の中で二人沈黙したままだったが、メリッサは普段自分が青の竜の元へと向かうときのことを思い出し、雷に打たれたように勢いよく顔を上げた。

「お義母様……竜騎士は……いえ、竜はすべて、ねぐらで穴を掘り、そこを寝屋にしています」

　今度は義母が、メリッサが呆然とつぶやくのを黙ったまま聞いている。義母がそのまま話を促しているので、そのまま思いついた話を続けていく。

「ねぐらに降りるときは、当然その寝屋を目指して降りるのです。青も琥珀も、そしてそれは白も変わりません。帰る先は、寝屋なんです……」

義母は、メリッサが伝えようとしていたことを正確に理解できたらしい。メリッサの目を見ながら、真剣な表情で問いかける。

「降りる場所は、同一ですか」

「少なくとも、青は同じです。子竜達を連れている場合は、中央部にすべての竜がいったん降りていきますが、そうでないときは自分の寝屋の付近に降りるのではないかと。……白の女王は、青と一緒に戻るなら、青と同じ位置に降りていました。ただ、一頭で降りたときは、おそらく自分の寝屋に戻るのではと……」

「では……ずっと観察していれば、どこに白の女王が降りるのかわかりますね」

相手は、竜達に気づかれず、小屋や据え置きの大型石弩を組み立て、隠しておけるような連中だ。ただ見ているだけなら、楽にできるだろう。

「おそらくは」

こくりと頷いたメリッサは、もう一つ、恐ろしい考えに至ってしまった。

「……あの、これはあまり考えたくなかったのですが」

「何ですか？」

義母が優しい声で尋ねる。それに、メリッサは息を呑み、答えた。

「……ヒューバード様は……いいえ、辺境伯は、いつもは仕事の空いた時間に辺境の空を飛び、見回りをおこないます。これは竜騎士隊でも、飛行の日時を定めると、その時間を避けて行けば、見とがめられないという噂が出てしまうためだと聞きました」

「そうですね。確かに日時は定めず飛んでいますね」

「ですが今回のように竜の遺骸がうち捨てられていたとなれば、真っ先に騎竜に乗って現状を確認するために出動するでしょう。そのときは、わざわざ青と一緒に行動はしないでしょうし、まず真っ先に竜の様子を見るために、ねぐらに向かいます」

つまり、確実に出動し、確実にねぐらに来る。周囲には騒がしく落ち着きのない竜達がいて、意識は竜の方に引きつけられるだろう。

ヒューバードを狙うため、竜が襲われた。その考えに至り、メリッサは思わずスカートを強く握りしめた。

「なるほど……注意散漫になったのなら、白の女王でも狙えるかもしれない、と」

義母の表情に怒りが見える。

静かな表情なのだが、ほんの僅かな表情の揺らぎが、これ以上ないほどの怒りの感情を表わしている。

「……メリッサ、ヒューバードに渡してほしいものがあるのです」

そういって立ち上がった義母は、先ほど自身が見ていた書類の束をメリッサに手渡した。

「これは……？」

「過去、辺境伯家で竜騎士となった者の死因一覧です。初代から先代のレイモンドまでありま す。このうち、印が付いているのは、その死因が墜落死となっている者です」

ざっと目を通したメリッサは、その一覧を見て、背筋が凍った気がした。

平穏な晩年を竜と迎えた例は指折り数えられるくらいしかおらず、半数は墜落死となってい る。

「見てほしいのは、戦場以外での墜落死の場合です。戦場以外の場合、その現場は竜のねぐら付近。しかもほぼすべて、緊急出動の際に竜の操作を誤り、となっています。……おかしいと思いませんか?」

確かにおかしい。

辺境伯家は、青の竜が言っていたことを考えれば、竜達のほうが守ろうとしていると言っていいだろう。その上、全員が全員、上位竜と絆を結んでいるわけではないが、他の竜騎士達より騎乗時間が多い辺境伯が、操作を誤ることなどそうそうあるものだろうか?

メリッサは、王宮で竜舎立ち入り許可証を取得するために、幼い頃から竜について学んできた。その中には、竜による怪我、死亡例として、竜騎士の墜落事故についても書かれていた。

そのとき、事故件数も見た気がするが、ここまで墜落事故は重なっていなかったはずだ。

「もしかしたらヒューバードもすでに調べていることかもしれませんが……死因だけではなく、その事故現場についても、何か特徴があるかもしれません。それについて書かれている本は私では見つけられませんでしたが、過去の当主の日記など、当主だけに引き継がれているものになら、記載があるかもしれません」

義母は、そう告げて、書類入れをまとめてメリッサに預けた。

「緊急事態となれば、私もしばらく帯剣します。ヒューバードに、そう伝えてください」

そうしてメリッサは、義母に出したお茶のワゴンに預かった書類入れを載せて、義母の部屋を辞した。

夜、すでに寝る支度をしたメリッサは、まだ義母から預かった書類を読んでいるヒューバードに薬草茶を入れながら、その様子を見ていた。

「ヒューバード様……私、お城の竜舎に入るための試験勉強のとき、そんなに墜落死が多かった記憶がないんですが」

「私もない。……竜騎士の墜落事故件数は四件だけだ」

「ですよね……。つまりこれは、長年ねぐらで似たような攻撃が加えられていたんでしょうか」

「なるほど。つまりあちらは、竜のねぐらで長年竜を狩り続けていたということか」

メリッサは、ヒューバードの手元を覗き見ながら、義母との会話で導かれた結論に関して口にする。

「ヒューバード様、そこまでねぐらに密猟者が巣くっていたのだとすれば、彼らは竜を観察してかなり習性についても知っているのではないでしょうか。竜達がねぐらに帰ってくるときは、自分の寝屋のすぐ傍に降りてくるとか……」

「……わかっていたんだろうな。今回も、寝屋から中央部に降りようとしたときに、白の女王が突然反応したんだ」

中央部といわれて、メリッサはそれが青の竜の寝屋が作られている付近だと理解した。青の竜の寝屋付近には、子竜の寝屋と共に、代々の白の竜が使っているらしい寝屋もある。

「密猟者は、初代の頃にもいたんでしょうか？」

「わからない。初代の青は、かなり老成していたそうだから、その力は今の青の数倍と見ていい。その青が生きていた間はさすがに、ねぐらにはいなかったんじゃないかな」

「……じゃあ、今の青が成長していけば、その密猟者達はどうなるんでしょうか」

メリッサのその疑問に、ヒューバードは沈黙した。そして、次の瞬間立ち上がり、自身の部屋から一冊の本を持ち出した。

「その本は……？」

「当主の備忘録だ。大雑把ではあるが、上位竜の頭数などの記録が書かれている。前の青は、初代と絆を結んだ時点でかなりの老齢で、初代が病死したあともしばらく生存が確認されている。その後前の青が消えたのは、初代の孫が当主の時代。そのときはじめての、ねぐらでの墜落死が確認されている。そのときの被害者は、当主の次男だ」

ヒューバードの武器を握るために硬くなっている指先が指す場所に目を通すと、その備忘録の頁（ページ）と義母のまとめた資料の年数は一致していた。

「つまり、青がいる時代は、密猟者は活動していない……？」

「もしくは、青がいるねぐらからは手を引いている、か」

「じゃあ、どうしてヒューバード様が狙われたんでしょうか。若いとはいえ青はいますし、そんな場所で現当主であるヒューバード様を狙う意味は、何でしょう」

ヒューバードは、メリッサが入れた薬草茶をひと口含み目を眇（すが）めた。

「青は、まだ若い。過去の記憶を引き継いでいたとしても、それが完全に青に利用できるかと言えばそうではない。青が完全に記憶を我がものとするには、まだまだ時間がかかるし世界中のねぐらを巡らなければならないんだそうだ。まだ青が完全ではない間に、この地の守り手である辺境伯家を消してしまいたいのかもしれないな」

ヒューバードは、静かな表情でそう言い切った。

言葉自体は、まるでそれを受け入れているようにも見えるが、けっしてそうではないのはその表情を見ればわかる。

ヒューバードの顔は、戦う者の顔になっていたからだ。

闘志をみなぎらせ、前を見据えて進んでいく、そんな表情になっている。いつも戦場に行くヒューバードが、白の女王に騎乗する寸前に見せていた表情だ。

やはり、この人は騎士なのだ。その表情を見て、つくづくそう思う。

「私はお義母様みたいに戦えはしませんが……がんばって、竜達や竜騎士の人たちが、安心して降りてこられる場所を守ります」

そう宣言すると、メリッサは椅子の背越しにヒューバードに背後から抱きついた。

「あなたが降りてくる場所は、私が守ってます。だから、必ず私のところに降りてきてください、あなた」

きゅっと抱きつくメリッサの手をとり、その指先に口づけたヒューバードは、先ほどまでの戦いの表情を消し、メリッサに優しい笑みを向けた。

「何が何でも必ず降りてくる。白も青も、ちゃんとそのつもりだ。だから、降りる場所をしっかり守りながら待っててくれ。……信じている、メリッサ」

「はい！」

力強く頷き、メリッサは微笑んだ。

メリッサ自身でやれることなどそれほどないが、竜達が安心して降りてこられるように、この地で待つことくらいはできる。

降りてくるその瞬間を待ち続ける。

もう、ヒューバードが帰ってこないかもしれないとは考えない。

――ヒューバードは帰ってくる。白の女王の背に乗って、青の竜と一緒に、必ず。

メリッサのできる最大のことは、それを信じることなのだ。それを確信した。


翌朝、そうそうにやってきた竜騎士は三名。一人は竜騎士隊副隊長のコンラッド。残り二人は、斥候(せっこう)役の速さ重視の竜に乗る二人。

「いらっしゃいませ、コンラッドさん」

コンラッドが飛行用の兜(かぶと)を脱ぐと、まっすぐ伸びた焦げ茶色の髪が零れ落ちた。それを掻(か)き上げながら、笑顔でメリッサに視線を向ける。

「久しぶり、というほどではないか。しばらく世話になります」

コンラッドは頭を下げると、その背後でコンラッドの騎竜もぺこりと頭を下げた。

「いらっしゃい、琥珀の杖(つえ)」

ギュー、ギュルル
少しだけ甲高い声で鳴く琥珀の杖は、所々に緑の鱗が交じる琥珀の竜である。その頭の良さは、琥珀の中では飛び抜けていることで有名だ。速度は普通だが、斥候を頼むと、ちゃんと騎士の言葉を理解し、丁寧に仕事をこなしてくる。珍しいことに、単独行動でもきちんと仕事ができる竜だ。

「久しぶり、メリッサちゃん！」

「もう立派な奥様だなぁ。あんな小さかった子が、こんな立派になって……」

小型の緑の竜に乗る二人は、メリッサの実家である王宮の第四食堂の常連だった人たちだ。あまりにも変わらなすぎて、つい昔に戻った気がしてしまう。

思わずくすりと笑ったメリッサは、三人に挨拶しながら、それぞれの竜達の鼻先に手を伸ばす。

「ダンさん、マクシムさん。よくいらしてくださいました。緑の尾羽、緑の流星も、久しぶりね！　長旅ご苦労様」

ギュアアァン
グルルゥ
それぞれの騎竜達は、尻尾をふりふりとくねらせながら、メリッサに鼻先を突き出している。

緑の尾羽と緑の流星は、ともに翼が大きめの、速さが特徴の竜だ。尻尾の長さが他の竜より突出して長いのが緑の尾羽、体に何本か、白の線が入っているのが緑の流星である。

三人揃って斥候が得意な竜を持つ騎士である。むしろ、この三人が揃って一ヶ所で仕事しているのは珍しいことだった。

「さて、それでは王太子殿下にご挨拶でも済ませて、とっとと仕事しますかね」

「そうだな。じゃあメリッサちゃん、竜達のことを任せて大丈夫かな？」

メリッサは三人の中で最も年長のダンにそう問われて、胸を軽く叩いて請け負った。

かる。

「よし、任せた」

ダンの言葉を受け、屋内に入っていく三人を笑顔で見送ると、メリッサはいつもの仕事にかかる。

「お任せください」

「三頭とも、ほんとに元気ね。良かった。青達はねぐらにいるの。あとであなた達も、ねぐらに向かうのかしら」

まずは水を水飲み場で与えてから、侍従達が持ってきた野菜籠から適当な野菜を手に取った。

「今、竜達は緊急事態だけど、あなた達もねぐらで寝るのかしら」

そう問いかけたメリッサに、コンラッドの騎竜琥珀の杖がふるふると首を振った。

どうやら違うらしい。相変わらず賢い琥珀は、すでに今夜の居場所を聞かされていたらしい。

ギュルルル

ペロリとメリッサの頬を舐めた琥珀の杖は、メリッサが与えた野菜を食べ終わると、少しだけ柵から離れ、横たわった。

それを見た緑達も、まるで琥珀の杖をまねするようにころんと転がり、ごろごろしはじめる。

その寛いだ様子を見ていると、ここ数日緊張状態でなかなか竜の世話ができなかったメリッサもとても和む。

そうして少し日が高くなった頃、相談を終えた三人の竜騎士達が再び武装し外に出てきたのである。

それと共に、王太子とヒューバードも外に出てきて、何やら竜騎士達と話し合っている。

「白の女王は単体で飛んでいるのはわかったが、話しかけたとして俺達に直接返事をしてもらえるのか？」

「ああ。今回は直接騎士に話しかけるように説明しておいた。……すまん、白のことを頼む」

「了解。だがまあ間違いなく、お前が背にいなくても、指揮をとるのは白の女王なんだろう。俺が口を出す必要もないだろうがな」

ははははと笑いながらそう答え、あっという間に竜達の胴具を付け直すと、挨拶もそこそこにまずはマクシムが飛んでいった。

どうやらマクシムがキヌート軍と同行するようだ。緑の流星が楽しそうに速度を上げ、一瞬で辺境の空をキヌートに向かって飛び去っていく。

「おお、速いな」

王太子が感心したように空を見上げて緑の流星を称える感想を述べると、それを受けてコンラッドが王太子に説明を加えた。

「そうですね。あの緑の流星の騎士は、竜騎士隊で速さを競うと三番手だった男です。キヌートとの連絡役として相応しい技量を持っておりますので」

そう話すコンラッドの隣では、先ほどまでころころ転がっていた緑の尾羽が、わくわくと言った感情を隠すことなく、その長い尾を振りながら胴具をつけられていた。

「ダンさんはどちらへ？」

「俺はねぐらに待機して、見回り強化だ」

それじゃあと胴具を身に着けた緑の尾羽に乗り込みながら、ダンはメリッサを振り返った。

「飯はここで食べるから、用意してくれると助かる」

それを聞いて、メリッサは元気良く返事をした。

「お任せください。どうか竜達をよろしくお願いします」

メリッサの昔から変わらない笑顔を見て、ダンは軽く片手を上げ、空へと上がっていった。

少し見回りをしてからねぐらに向かうつもりなのか、ねぐらと正反対に飛んでいったダンは、ゆったりと羽ばたきながら姿を消した。

「コンラッドさんは……」

「俺はヒューバードの斥候兼護衛。ヒューバードが飛ぶ必要ができたときに、代わりに飛んでいくのがお仕事ね」

そう述べると、腰につけていたポーチから、メリッサも見慣れたはちみつ入りの堅焼きクッキーを取り出し、おもむろに琥珀の杖に差し出した。

「杖はご飯を食べてないんですか？　なんでしたら、余分に野菜を出しますが」

「いや、大丈夫。ここでも堅焼きクッキーの補充ができると聞いたから、今のうちに入れ替えようと思っただけ」

そうして堅焼きクッキーを食べた琥珀の杖は本格的に寝転がり、寝息を立てはじめた。

それを見て、ヒューバードがメリッサを屋内へ促した。

「そろそろ人も朝食の時間だ。今朝は、王太子殿下と同席する」

「メリッサ、琥珀の杖はしばらく休憩で寝ているから、安心して構わないよ」

ゆっくり食べてくるといいとコンラットに送り出され、メリッサは久しぶりの朝の仕事を終えたのだった。


キヌートからの返事が届けられたのは、その日の夕方だった。

再び姿を現したマクシムが、キヌートからの手紙を二通、預かってきたのである。

渡された手紙の一通は、王太子殿下からの挨拶と招待の手紙の返答で、もう一通は従兄であるローレンスからヒューバードに宛てたものだった。

「あちらでも、竜の異変は察知していたらしい。なにごとかを問い合わせる手紙を出そうとしていたところだったそうだ」

ヒューバードの従兄であるローレンスは、現在キヌートの第三王子付きとなり、コーダから最も近いキヌートの街である王領で、日々密猟団を追う対策部隊の秘書官を務めているらしい。

ヒューバードが襲われた件を聞き、協議した結果こちらへの助力を約束してくれたのである。

「現在、キヌートではこの件に当たる部隊を編成中。編成が完了次第、調査を開始するそうだ」

その決定の速さにメリッサは驚いた。

「今回は、竜騎士隊の派遣もですが、キヌートのほうも決定が速いですね」

「辺境伯が襲撃されたことでことは急を要することが理解できたのだろうな。その話し合いに、キヌートの第三王子がさっそくこちらを極秘で訪ねてくることになった。国境警備隊に、話を通しておいてくれ」

王子の傍に、近衛の三人がおり、そのうちの一人が王太子に礼をするとすぐさま身を翻し、その連絡に走った。

王太子の近衛隊は、ヒューバードの護衛と王太子の護衛、そして国境警備隊との連絡係を務めてくれている。

この辺境としては久しぶりの大人数の世話をするため、メリッサはハリーや義母と共に食料などの手配をするため、クルースへと馬車を送る。

「キヌートの王子殿下は、日帰りですか？」

「その予定だ。そう派手な出迎えや豪華な食事などは必要ない。あちらも現在の辺境が戦場と変わらない様子であることは理解してくれている」

王太子にそう告げられ、メリッサは思わずヒューバードに問いかけた。

「……今、ここは戦場なのですか？」

メリッサの問いに、ヒューバードは少しだけ困った表情で答えをくれた。

「竜達にとっては戦場だ。だから、警戒してここにも飛んで来ていないだろう？」

そう告げられ、思わず納得したメリッサは、しばらく庭に視線を向けてその景色を眺めた。

メリッサは、竜の庭で寛ぐ竜達の様子を眺めているのが好きだった。

メリッサを見つけると、目を輝かせて歩み寄り、甘えて鳴きはじめる青の竜がいる風景が大好きだった。

早く、竜達が安心して空を飛べるようになってほしいと、心の底から思う。

そうしてメリッサが青の竜のことで思いを馳せていたのだが、その願いはすぐに叶えられた。

「……ねぐらに向かったダンからの連絡だ。青の竜が、子竜と一緒にこちらに来るそうだ」

「え？」

その席に着いていた全員が、ヒューバードの言葉に驚き、固まっていた。

「ねぐらの監視をダンに任せ、その間に子竜達を連れてくるそうだ。しばらく子竜達をこちらで預かってくれ、だそうだ」

「は、はい。もちろん預かるのは問題ありません。親竜達も一緒でしょうか」

「ああ」

ヒューバードは頷き、再びねぐらからの話を聞いているらしい。しばらくの硬直のあと、メリッサに向けて微笑んだ。

「この場所だと、人が守ってくれるから、と親竜達は言っているらしい」

この庭を、安全な場所だと竜達は思っている。メリッサは、そのことに感激して、涙が零れそうだった。

辺境伯邸の庭は安全で、人に守ってもらえる場所だと、一族の宝である子竜を育てている竜達が思っている。それは、竜から向けられる信頼であり、ずっとこの庭で竜達と交流を続けてきた辺境伯家への信頼の証(あか)しなのだ。

竜達や竜騎士達が、安全に降りてこられる場所を守る。メリッサは、常にそう思いながら庭に立っていた。メリッサがここに来てから一年と半年。この屋敷にある限り続けてきた竜達との交流が、実を結んだと実感できたのは今の言葉だった。

「メリッサ、子竜達の受け入れの支度、任せても大丈夫だろうか」

ヒューバードの問いかけに、メリッサは心からの笑顔で答えてみせたのだった。

翌日の正午、キヌートからの客人を迎えて、辺境伯邸の慌ただしさは最高潮に達した。

竜の庭にもすでに子竜が移動してきており、親竜と共に庭の中央あたりでうとうととお昼寝を始めていた。

キヌートの第三王子リオンは、王太子が言っていたように、現在が緊急事態であるという認識でここまで来ており、時間を無駄にするようなことはなかった。

同じ馬車に乗ってきたローレンスと共に、王太子との会談に挑んでいた。会談の場所は、竜の庭のすぐ隣。なんと、青の竜がその会談を聞くために、久しぶりに姿を見せていたのである。

「青、会えなかったのはほんの数日だったのに、すごく寂しかった」

ギュルルル、キュルル

甘えるような鳴き声を聞き、メリッサは鼻先を撫でてやると、口を開けて待っている青の竜に野菜を用意して食べさせた。

青の竜はここ最近の騒ぎのためか、どことなく疲れているようにも見える。一通り野菜を食べて水を飲み、やっと落ち着いたと言わんばかりにいつもメリッサが野菜を配っている間寝そべっている場所に腰を下ろしたのである。

メリッサはそんな青の竜の首元にそっと身を寄せ、会談を一緒に見守ることにした。

竜の庭からも見える場所に円卓と椅子が出され、参加者がそこに集いはじめる。

「事件のあらましは、およそ竜騎士マクシムから聞いている。まさか竜の遺骸を使って辺境伯を誘い出そうとはな……」

リオン王子はそう言ってから、青の竜に軽く頭を下げた。

哀悼の意を表したのだろうその態度に、青の竜も小さく頷いて応える。

「もちろん、我が国としても協力するのは問題ない。竜の密猟者が実行犯の可能性が最も高いと思われる事件なのだから。密猟団の討伐に関して、イヴァルトの辺境伯家との協力態勢を取ることについては、ことの緊急性を踏まえて国の承諾なしで進められるよう、法整備もしておいた。すでに部隊は国境警備隊の宿舎にて待機中だ」

緊急性というなら、確かに今現在緊急事態の真っ最中である。竜と辺境伯家への攻撃に、すべての竜の気が立っており、空を高速で飛び回りながら怪しい人間を竜が探している状態である。こんな状態ではおちおち馬車を走らせることも難しく、流通が滞ってしまう。

「すでに部隊が待機中ですか。それはありがたいです」

「それで対竜用大型石弩に関してだが……」

そのヒューバードの問いかけには、ローレンスが即座に反応した。

手元に用意していた冊子を開き、説明を始めたのである。

「我が国でも、近年は大型石弩は廃棄を始めている。各砦に取り付けられていたものはすべて撤去が完了している。そもそも、設置するために場所を取るのにあまり効果はなく、大きな音を立てれば逃げていくことが多いと聞いたあとでは、あれほど馬鹿らしい武器もないと思う」

確かに、とその場の全員が頷いた。

「そもそも現在、密にこちらとの連携が取れる状況なら、何らかの竜の被害に遭遇したとしても、イヴァルトに通報したほうが早く、竜達に呪われるような事態にならないのだから、わざわざあれを武器として活用するのはどうかと思う」

　ローレンスはきっぱりと言い切った。

「我が国ではそんな理由で所持しているもの自体が減りつつある。当然、それを新規に作った者もいない。その石弩は、どれくらい前に作られたのかなどはわかりますか」

　その問いに、ヒューバードが運んできた木片と金属片を受け取った国境警備隊からの報告では、ヒューバードの持ち帰ったそれはかなり年代のたっているものだったという。

「ずいぶん古いものだったが、具体的にはわからない」

　ヒューバードの言葉に、ローレンスは頷く。

「新しいものならば逆に作った職人を特定しやすかったのですが……」

「むしろ、作れる者がいるのか？」

　王太子の疑問に答えたのは、その正面に座っていたリオン王子だった。

「作りが古い時代から変化がなかったので、今でも少しの説明を加えれば、普通に作れる者は存在するだろうと思う」

「それは、我が国でも同じか？」

「いいえ」

　王太子の疑問を、ヒューバードは即座に否定した。

「我が国で育つ木では、柔らかくて大型武器は作れない。それ故に、大型の武器を作る場合、まっすぐに育ち、硬く目の詰まった、歪(ゆが)みにくい木材を輸入しなければならない、と聞きました」

「なるほど……木材か」

「それならば、木材からその武器の出所がわかるかもしれませんね」

キヌートの主従二人が、見本として手渡された木片に視線を向ける。

「この木片はいただいて帰っても？」

「そのために用意しました。少なくとも、我が国で作られたものではなかったので、良ければキヌートでも探していただければ」

「了解した」

リオン王子は、連れてきた侍従にその破片を手渡し、保管するように命じる。そして姿勢を正した。

「では、我々が請け負う竜の遺骸について、伺いたいんだが……その遺骸は、すでに回収されたのかな？」

「ああ。その遺骸に関しての検視は、現在ねぐらで竜騎士の一人がおこなっている」

「すでに竜のねぐらにあるのか……」

諦(あきら)めたようにため息交じりの声がローレンスから零れる。

竜のねぐらに常人は足を踏み入れられないことは、ちゃんとわかっているらしい。

「状況を知りたければ、そちらに資料を渡してあるが？」

「いえ、竜の遺骸があった場所に、竜をおびき寄せたものの証拠が残っていないかと思いまして」

それを聞いたイヴァルトの面々は、全員がそれに顔をしかめた。

「竜をおびき寄せる、というのは、どうやるものなのか、ご存じなのか？」

コンラッドが問いかけると、ローレンスははい、と答えた。

「以前、竜の卵から密猟団の手掛かりを得たお話はしたと思いますが、そのとき捕らえたものから、竜の卵の使い道について聞いたのです。どうやら囮として利用するために卵を盗むのだそうです」

「囮？」

竜騎士の二人と青の竜は、身を乗り出すようにしてその話の先を促した。

「はい。竜を狩る際、まずは地上から武器が届くような位置まで降ろさなければならないのだと。その役割として死んだ卵を囮として使うのだと、そう供述したのです」

その瞬間、竜騎士二人と青の竜の雰囲気が一瞬で変化した。

ローレンスは、その話を淡々と語った。

竜の卵は、まず歌が届くか届かないかの場所に放置して、五年ほど経過したのち、回収する。

その卵は、成体の竜に自分の存在を伝えながら、死んで呪われた卵となり、それが竜を呼ぶのだと、そう証言したらしい。

「そして、竜を狩るための武器などを用意した場所にその卵を置き、竜がくるのを待つ。そして卵に興味を引かれた竜が降りてきたら、まず翼を狙い、飛べなくしてから攻撃をする。そして意識を刈り取ると、とどめをさす専門のものに引き渡し、次は弱るまで監禁する。基本はこうやって、竜を狩るのだそうです」

メリッサは愕然としたまま、ふらりと体が傾いで青の竜にもたれかかる。

ずっと不思議だったのだ。青の竜が卵の時代に攫われた理由がわからず、卵の間に攫って手懐けでもしたいのだろうかと、そう考えていた。しかし実際は、彼らははじめから卵を孵すつもりなどなかったらしい。

「なぜそれが、卵でなければならないんだ？」

「……普通の竜の遺骸などでは、たとえ子竜でも呪いが大きすぎて、鱗一枚持っていても隠し通すのが難しいのだそうです。ですが卵は、元々それほど呼ぶ声自体が大きくなく、呪われた卵になっても隠しておくのにちょうどいいからだと証言しました。おまけに、呪われた卵に触れたとしても、人にその匂いや気配がうつらないそうです。そのために卵も売り物としてではなく、定期的に盗むんだそうです」

竜騎士の二人は、怒りの表情を隠そうともしなくなっていた。メリッサも、話を聞いてその自分勝手な言い草に怒りしか覚えない。

「ですから、死骸を放置しているその理由がわからず、何か目的があるのかと思い、調べようと考えただけなのです」

窓の外で話を聞いていた青の竜も、表情もなくひたすらローレンスに厳しい視線を向けている。

そんな青の竜と竜騎士達を前にして、ローレンスは静かな声で告げた。

「ご安心ください。その者は、すべての証言をしたのちに、その証言をまとめたものと共に生存した状態でイヴァルトにお渡しいたします。それからこちらの法で裁いていただけたらと思います」

「その証言から得られた遺骸は、その囮に使われたという卵も含め、回収してお返しいたします。……青の竜の前で、キヌート王国王子リオンの名のもと、宣誓します」

ローレンスの発言を後押しするよう、リオン王子も告げる。

「では、その宣誓については、のちほど紙に残しましょう。よろしいでしょうか」

イヴァルト王太子がそう告げて、のちほど宣誓書を残すことが決定した。

そうして、会談が終わり、慌ただしくキヌートの人々の帰還のための馬車が用意された。

馬車に乗る間際、ローレンスはヒューバードの前に立ち、厳かに告げた。

「今、あなたが失われるのは、人も竜もあらゆる意味で大変なことになるでしょう。どうかくれぐれもお気をつけて。……我が家の兵があなたを助けることは、竜達の怒りを煽ることになるのでできませんが、私個人でどうにかなりそうなことがあればお知らせください。全力で力になりましょう。これでも、長年外交官として勤めておりましたので、顔は広いのです。イヴァルトの周辺国ならば、どこであろうと伝手をご用意できますよ」

そう言って笑って見せたその顔は、さすが従兄と言うべきか、どことなくヒューバードに似ていると感じさせるものだった。

第五章　無音の祝福

キヌートからの客人が帰るのを見送り、王太子も屋敷に入っていったあと、メリッサはあらためて青の竜の元へと歩み寄った。先ほど隣から感じていた怒りのような感情は見られず、いつもの優しい青の竜の姿に戻っている。

先ほど聞いた非道な話を、青の竜はどう考えていたのだろうか。

青の竜は、盗まれた卵から孵った竜だ。先ほどの行為の直接の被害者だと言える。

「青……」

メリッサが見上げると、青の竜は少しだけ躊躇いがちに、それでもそっと優しくメリッサを前脚に閉じ込め擦り寄った。

ギュー、キュルル

青の竜は、ただメリッサを呼んで甘えていた。

海を越えて別の竜の領域に足を踏み入れた青の竜が、最近何度か同じようにメリッサを呼んでいた。

メリッサは、自分を呼んでいることはわかるが、それ以外の青の竜が伝えたいことは、そのとも間違いない。

目や仕草から読み取るしかない。

離れがたいと思っていることには気がついた。できるならもっと傍にいたいと思っていることも間違いない。

——白の女王とヒューバードが教えてくれた。

青の竜は、成体になれば各地にある竜のねぐらへ、記憶を受け取るために旅をする。そうして記憶をすべて受け取って、王竜はその力のすべてを取り戻すのだそうだ。

メリッサは、ここ最近の青の竜の様子を見ていて、ようやく理解した。

青の竜は幼い頃から、べったりとなついていた。そのため、ここ最近の離れがたいという感じも、きっと大人になって物理的に受け止め切れていないだけだと考えていたのだ。

だが、それとは違ったのだ。

青の竜は、成体になった。その翼は大きく力強く羽ばたき、どこまでも高く、どこまでも速く遠く飛んでいけるだけの力をつけた。

他の色の竜達とは違い、王竜と呼ばれる青の竜は記憶を受け取り、引き継いでいく竜だ。

それならばと、自ずとメリッサは理解した。

「青……そろそろ、旅立ちの時期なのね」

だとすれば、現状、青の竜に心配ばかりかけているのが申し訳なくなる。

それで竜達の命を危険に晒し、さらにはヒューバードまで狙われ、これでは旅立つに旅立てないだろう。

ギュー……

再び擦り寄った青の竜の鱗を撫でながら、メリッサは誓った。

「青、あなたが安心して旅立てるように……せめてねぐらに巣くう密猟団は残らずご退去願いましょうね」

……グギュ？

「冗談じゃないわよね。竜のねぐらに泥棒が同居しているなんて、竜達も安心して眠れないもの。裏道なんか、石と泥で潰してしまいましょうね」

ギュー
つい先ほどまで、青の竜とほのぼのとした交流を繰り広げていたメリッサが、突然物騒な話をし出して、傍でなんとはなしに話を聞いていた竜騎士二人は、目を剥いて青の竜に視線を向けた。

その足元に恐れることなく入り込んでいるメリッサは、青の竜の足に挟まれながら、青の竜の鼻先を撫でている。

「メリッサ？」

「はい？」

ヒューバードが恐る恐る声を掛けると、メリッサはにっこりと微笑んでいた。

ただ、その笑顔にあきらかな怒りを感じる。

そして、幼い頃からメリッサを見て、ある意味育ててきたと言っていい竜騎士達は、その事実に気がついた。

メリッサは、怒ると母親と父親両方の血が出るらしい。

笑顔のまま怒り、突然言動が物騒になる母親と、静かに怒り、相手に威圧を与えはじめる父親の両方の特徴を受け継いだメリッサは、笑顔のまま威圧を感じる静かさながら、その言動は日頃(ひごろ)の穏やかさから少し離れて若干勇ましいことになっている。

「私もがんばるわ、青。少しでも竜達が安心できるように、私にできることを探すところからだけど」

ギュ

甘えた声で答えた青の竜は、ねぐらに戻るためにもう一度メリッサに鼻先を突きつけ、撫でてもらうとメリッサを解放した。

「子竜達と親竜達は、ここでちゃんと見ているから安心してね」

ギューア

青の竜は、メリッサの様子に普段はないものを感じたのか首を傾(かし)げたりしながら、空へと上がっていく。

「もしヒューバード様がそちらに顔を出したときは、青も守ってあげてね。それじゃあ、またね」

グアァ！

メリッサがいつもの調子でした挨拶(あいさつ)に、はるか上空から鳴き声を返して、青の竜はねぐらへと帰っていった。その姿をずっと追い、ねぐらへ降下したのを確認してから、メリッサは笑顔のままヒューバードに伝えた。

「ヒューバード様、お願いがあります」

「何かな？」

まだ微(かす)かに怒りを感じるメリッサの前で、それでも普段通りの表情を崩さなかったヒューバードは、次の瞬間戸惑いで固まった。

「辺境伯家当主の日記とやらを読ませてください」

「……一応尋ねるが、何のために？」

当主の日記というのは、次に当主となったもののために日常のつきあいや家であったことなどを書き留めておくものだ。当然ヒューバードも書き記しているし、その中には当主にだけ引き継がれる事柄なども書かれている。当然ながら、妻であろうが本来は読ませるものではないのだが、メリッサから先ほどの怒りも消え去ったような冷静な表情での申し入れだったため、理由を尋ねたのである。

「辺境伯家の竜騎士達の死因のうち、ねぐら付近で墜落して亡くなった方々について、正確な死因とその現場の位置を知るためです」

「……それがなぜ、当主の日記に書かれていると？」

「それが墜落事故ならば、当主となっている竜騎士が、調べないはずはないと思うからです」

メリッサは、にっこりと笑って、正面にいる竜騎士の中の竜騎士と呼ばれる人を見上げた。

「私の知る竜騎士の皆さんなら、墜落事故があった場合、後々の後輩達のためにその原因を究明しているはずです。胴具の問題なのか、姿勢の問題なのか。それともそこで突然気候の変動があったのかもしれない。それらの原因を追及しないまま、仲間を危険に晒すようなことはなさらない。それが家族ならばなおさらです。この場所で、代々竜騎士であった当主が、その危険を放置していることこそおかしい。それなら、最低限当主の日記には、解決しないまでも原因究明の詳細が書かれていたはずです。次の世代にその危険を繋（つな）ぐために」

メリッサの言葉に、ヒューバードはため息をひとつ吐（つ）き、苦笑した。

「正解だ、メリッサ。ただし、原因が不明なものも多々あるため、その場所を立ち入り制限することで伝えてきている」

「原因が不明な部分こそが、私は怪しいと思います。白の女王が石弩（いしゆみ）を壊している間に消えて、気がついたら渓谷の底に降りていた。つまり、その付近に下に降りるための近道があるのでしょう。それに似た場所が、その不明な場所にはあるのかもしれないと思うんです」

メリッサが真剣な表情で告げると、ヒューバードは小さく首を振った。

「確かにそれは今後必要な作業だろうが、今現在やらなければならないことか？」

「もちろんです」

胸を張り、ヒューバードを説得しようとするメリッサは、けっしてひるまなかった。

「そんな地下に張り巡らせた抜け道が、いくつもいくつも存在するでしょうか。そんなに穴だらけになったら、今頃もっと竜のねぐらの崖は竜達がぶつかって穴だらけになっているはずです。それがないということは、その緊急の通路は入り口が限られているのではないでしょうか。それこそ、狙った地点に近い場所に、小屋なり作ってそこに駆け込めるようにしておけば、若干位置を変えたとしても走ってそこまで辿り着き、あとは川に流されれば逃げられる。私が当主の日記で割り出したいのはこの入り口の場所候補です。この場所がわかれば、その付近に怪しいものがないか調べられるし、ヒューバード様が白と一緒にねぐらに降りたとき、逆にどの位置からなら狙えるのか、わかりやすくなるはずです」

ヒューバードとコンラッドは、互いの顔を見て、ふっと笑った。

「わかった。それならせめて日付を割り出し、その前後の記録を探そう。……うちの当主の日記は量が多いぞ。なにせ半分以上は、竜の記録だからな」

「それは確かに量が多そうだ」

もとは竜好きが高じて竜騎士という誰も考えつかない職業を目指した初代をはじめ、代々の辺境伯は竜好きだ。その代々の記録は、それこそ竜達への愛がこれでもかと書かれていそうではある。

コンラッドが肩をすくめ、そしてメリッサに向き合った。

「メリッサ、私はさすがに辺境伯家の当主の日記を読む資格はない。だから先行して、ヒューバードが壊した石弩の跡地を、あっちにいるダンと一緒に調べてこよう。ついでに、その移動用の通路についても、調査方法を考えてみる」

「はい！　お願いします！」

「ヒューバードの護衛は、白に乗っていなければ陸の騎士達にもできるだろう。俺達は竜騎士にしかできない、ねぐらの調査に回るよ」

そう言って、メリッサとヒューバードの肩を両手で叩き、琥珀の杖を呼んだ。

琥珀の杖は、呼ばれるのはわかっていたとばかりに胸を張って胴具を身に着け、騎士を乗せるとまっすぐねぐらに向けて飛び立ち、姿を消した。

「……さて、じゃあ、一緒に探すか」

「はい！」

そうしてメリッサとヒューバードは、ヒューバードの執務室隣にある部屋へと足を踏み入れた。

この部屋は、メリッサも入ったことがない場所だ。侍女をしていた頃から、メリッサはヒューバードの傍での仕事を多々おこなっていたが、ここでの作業はしたことがなかった。

室内も、どうなっているのかわからなかったのだが、この部屋は一面が本棚になっており、その中に日付の書かれた表紙がいくつも入れられている。

「ここは」

「それこそ名付けるなら、当主の資料室といったところかな。当主の日記だけではなく、竜のねぐらに関する資料などもここにある。ここに入れるのは私だけで、掃除も私がおこなっている。あいにく少々ほこりっぽいが、許してくれ」

「お兄様の時代はどうしていたんですか？　布団からでられなければ、掃除どころではないし、病気のかたにはここの空気は良くないでしょう」

ほこりの匂（にお）いと若干のかび臭さ。その中に大量の紙の匂いと、本の手入れのために使われる薬品の匂いが混じり合った、特殊な匂いが充満した部屋は、今まで見えなかった窓をヒューバードが開けることで、若干ましになった。

「ここの本達、虫干しをした方が良くないですか？」

「一応、一年に一度ほどだが、持ち出して竜のねぐらで虫干しをしている」

「あら」

一年以上ここにいたが、こんな本が虫干しされているところを見たことがない。不思議だったが、まさかねぐらで干しているとは思わなかった。

確かに本は、竜達が興味を抱きそうにない分野なので、問題ないのだろうか。

「ものが大量なので、一度にできないのが困ったものだがな」

そう言いながら、ヒューバードは棚にあった一冊を取り出した。

「これの真ん中あたりに記述があった気がする」

無造作に取り出された本を慌てて受け取り、ぱらぱらとめくっていく。

それに主に記載されていたのは、騎竜がいかにかわいく強いかと、妻に対するのろけだった。

その記載内容に思わず頬を染めながら首を振って邪念を打ち払い、頁をめくっていく。

この当主の時代に、二人の息子のうち次男が、突然ねぐらで墜落死したらしい。竜達の証言は周囲に琥珀しかおらず、ただ気が立っていただけで、有用な証言はもらえなかった。当主はその悲しさと悔しさを書き記し、なぜそんなことになったのかの原因を究明しようと様々な細かい調査をおこない、その結果を書き記していた。

「ヒューバード様、大当たりです。……まさかこれ、すべて読んでいるんですか？」

「さすがに無理だな。メリッサがここに来たのは一年と半年前だが、私がここの当主になったのはほぼ二年ほど前だ。それまでここには入ったことがなかったんだぞ。……近年の十冊ほど、読んで終わったところくらいか」

そう言われると、この日記の日付はそれほど古くはない。ヒューバードの曾祖父の時代だろうか。

「急ぎで読んだのは、兄のものと父のものだ。それ以降はゆっくり時間のあるときに見ているが、なかなか進まないな」

義母が見つけた辺境伯家の竜騎士の死亡原因の一覧と見比べながら、ヒューバードは一冊一冊抜き出していく。その数は八冊ほどになった。

ヒューバードも読みはじめ、少しずつ詳細が出揃っていく。中には一年二年かけて調査をしている人物もいて、その大量の調査報告からだいたいの方角や位置を示す文章を拾い出していく。

「ヒューバード様、こちらの文章で位置は特定できますか？」

その記載は、メリッサからはよくわからない、ねぐらに影の差す位置で表していた。

「ああ、わかる。ねぐらの影で印されていた場合、日付と時間も抜き出しておいてもらえると助かる」

「はい」

こうして昼頃から始めたその作業は途中夕食を挟んで深夜までかかった。

夜になれば、あと一冊二冊となり、その作業は二人の寝室へと移しておこなっていく。

要点を書き記したメモは、これで本ができそうな量となったが、明日はこのメモを、今度は地図に反映させる作業をおこなうのである。

最後の一冊、最終頁を確認し、調査について書かれていないことを確認して、メリッサはようやくペンを置いた。

思わず伸びをしてヒューバードの方を見ると、ヒューバード自身はすでに作業を終えていたらしく、メリッサが書き記したメモを手に取り、それを読んでいた。

「お待たせしました、ヒューバード様。最後の一冊が終わりましたので、こちらの返却をお願いしても大丈夫ですか？」

笑顔で本を差し出したメリッサを、ねぎらうようにぽんと頭に手を置いて撫でたヒューバードは、そのまま差し出された本と今まで自分がまとめていた本を手に持ち、それをもとの棚へ戻しに行った。

帰ってきたヒューバードは、再び先ほどのメモを手に取り眺めている。それを見ながら、メリッサは眠る支度を始めた。

「ヒューバード様、それがどうかなさいましたか？」

先ほどからずっと同じメモを手に取っていた様子に、なぜなのだろうと不思議に思うメリッサは、あらためてヒューバードの手元を覗き込む。

「……いや、この方は、生きていたら大叔父だったのだなと思ってな」

メリッサが一番最初にメモしたその人の記録をじっと眺めていたヒューバードは、小さくため息を吐いた。

「私は、この方について、その存在しか知らなかった。若くして亡くなったとは聞いていたが、その亡くなり方までは聞いたことがなかったんだ。この記録は一度読んだが、この記録の人物と、この方が自分の祖父の兄弟に当たる相手なのだとは、繋がらなかったんだ」

まるでそれが罪であるかのように辛そうな表情のヒューバードを見て、メリッサはメモをヒューバードの手から取り上げた。

「……今まで知らなかったことがだめなら、今日から忘れなければいいんです。この事件が無事に解決したら、お墓参りに行きましょう。ご先祖の方々に、あなた方の記録のおかげですと、お礼と報告に行きましょう？」

実際、これで結果が出たのなら、長年の事故究明に関する努力が実ったことになる。どの記録も、最終結論は事故と記載されていたが、その記録のうち何件かは、納得がいかないともう一度調べはじめたものすらあったのだ。

「そうだな」

少しだけ寂しそうな表情で、ヒューバードはその記録の名前を口ずさむ。

メリッサは、そんなヒューバードを抱きしめて、いつもヒューバードがやってくれていたように、額に口づけた。

「よく眠れるおまじないです。明日はまた、良いことにたくさん巡り合える一日でありますように」

ヒューバードには、それがいつも自身がメリッサにしていたおまじないだとわかったらしい。

ヒューバードはそう告げて自分を抱きしめたメリッサを腕に引っ張り込み、しっかりと腕の中に閉じ込めた。

「よう、メリッサ！　朝から精が出るな」

翌朝、いつものように子竜達におやつをやっていたメリッサに、頭上から声が掛けられた。昨日一日、ねぐらで待機をしていたダンと、彼の騎竜がゆっくりと降りてきているところだったのだ。

着地した瞬間に背中から飛び降りたダンを、緑の流星が寂しそうに追いかけている。その様子を見て、メリッサは思わず笑った。

「相変わらず愛されてますね。おはようございます、ダンさん」

「もう愛されまくって大変よぅ。どこまでもついてきちゃって木の間に平気で挟まるし。てかおはよう。俺の飯はあるかな？　ついでに元隊長にも報告しておきたいんだけど」

おどけたダンに、メリッサはクスクス笑いながら答えた。

「ちゃんとありますよ。ヒューバード様はもうお目覚めで、この道をまっすぐ行った場所で訓練中です。終わったらこちらにいらっしゃいますよ」

メリッサがそう伝えると、だったら待つとメリッサから野菜を受け取り、緑の流星に与えはじめた。

緑の流星は、とにかく恥ずかしがり屋で、なぜか大きな体でいつもダンの背後に隠れている竜なのだ。

今もおやつを終えて黒鋼の柵から出ようとしたところで追いついた緑の流星は、行っちゃやだとばかりにダンのコートの裾を爪で引っかけてしまっている。

ギュ〜……

「ダンさん、そのまま移動するとまた裾が裂けますね」

「あ〜……もう帰ったら新しいの申請するから、いいや」

裂けてはいないが爪の形に穴が開いてしまったコートは、裾だけがぼろぼろになっている。何度も同じことをやられたため、もう繕うのも面倒になったのだろう。

そしてメリッサとの会話でダンの足が止まったため、緑の流星は嬉しそうにダンの背後にぴったりとくっついた。

「それで、昨日コンラッドが合流してから話を聞いたんだけど、進展はあったかい？」

「ええ。今日は位置の割り出しをおこなう予定です」

ほんの少し驚いたように片眉を器用に上げたダンは、メリッサにひたすら問いかけた。

「昨日、コンラッドが調べてた場所、ほんとにただの穴だったんだが、あれをどうやって使うんだ？」

「穴、ですか？」

「ああ。それもかなり直径の小さなものだった。あそこに入るのは、子供でもつれてこなきゃ無理だぞ」

想定外の話を聞き、首をひねったメリッサは、あらためて正確な情報を聞き直した。

「その小さな穴というのは、どれくらいのものでした？」

「メリッサの頭より小さいくらいだな。子供って言っても、本当に小さな二、三歳くらいの子供なら通れるかもってくらいだぞ」

ヒューバードの話では、人影があり、対竜兵器の発射が確認されたから、その小屋の屋根を吹き飛ばし、中にある石弩を破壊した、と言っていた。そのとき、その人影について、特に特徴を述べられていなかったため、メリッサは普通の成人男性を思い浮かべていたのだ。

「……ダンさん」

「何だ？」

緑の流星に、コートの裾をガジガジとかまれはじめ、さすがに外そうと奮闘を始めていたダンは、突然のメリッサからの問いかけに、コートを引っ張るのもやめてメリッサに向き直った。

「ダンさんは、子供が竜のねぐらにいたら、驚きますよね」

「そりゃあ驚くだろうな。驚くが、ことと次第によってはありえるってことは知っている」

「え？」

「いや、だって、ヒューバードは白の女王に一歳ちょっとで絆を結ばれたと聞いたからさ、それならその年齢でも、竜に気に入られたら攫われかねないだろう？」

確かにその通りだった。その通りだからといってあってはならないことではあるのだが。

ますよね」

「特殊な例は置いておくとしてです。見たら忘れないし、人に報告するときは当然それを伝え

「そりゃそうだ」

うんうんと頷いたダンは、離れた位置から歩いて来るヒューバードを見つけたらしく、手を振ってヒューバードの名を呼んだ。

メリッサは、たった今ダンから聞いたことについて、あらためてヒューバードに問いかけた。

「ヒューバード様、逃げる穴とやらがどのようなものかで今問題になっています」

「ああ」

ヒューバードは、挨拶よりも先に話しはじめたメリッサの頬に、挨拶代わりに口づけると、メリッサの問いたいことを察したのか、先日襲撃されたときのことを再び語りはじめた。

「ねぐらに向かい、下降していたときに突然狙い撃たれた。白の女王が矢を尻尾で打ち返し、飛んで来た方角に向かうと見たことのない小屋が建っていて、その中から狙い撃たれたと女王が言うやいなや、屋根を尻尾で打ち払い、中に大きな据え付けの石弩を発見し破壊。部屋にいた男は白の女王が石弩を壊している間に逃げ出していた。忽然と消えていたため、隠し通路のようなものがあった可能性を考えていた。竜達の騒ぎを聞きつけ、そちらの方に移動してみると、いつの間にか先ほどの男は渓谷の最下層の川の近くまで移動しており、そこから川に飛び込んで流されていった」

「実際移動している場面を見たわけではないのですね」

「そうだな」

「おまけに男ってことは子供ではないってことだな？　ってことは別口かあれは」

ガシガシと頭を掻くダンに、ヒューバードは告げる。

「小柄ではあったが、あきらかに子供ではなかったぞ。それに、ねぐらの崖の壁面には、小さな穴が無数にある。雨期に流れる水に浸食されるらしくてな。穴が深く大きくなると、竜達がそこを中心に壁面を掘って寝屋にするんだ。その穴とやらも、それじゃないかと思う」

「ああ、わかったわかった。じゃあもう一つ隠してある出入り口があるってことで、瓦礫をのけて探してみるわ」

「よろしく頼む」

「よろしくお願いします」

そうしてダンにはコンラッドの分も合わせて昼食を持たせ、再び送り出した。

「そんな、たくさん竜のねぐらに穴が開いている感じはしなかったんですけど、そんなに穴があるものなんですか？」

先ほどの会話に覚えた疑問を、メリッサはヒューバードに問いかけた。

「メリッサは、見たことがないか。子竜達が壁面の穴に手や尻尾や鼻先を突っ込んでいることがあるんだが」

そういえば、時々子竜達が大騒ぎをして、親竜が慌てて駆けつけていたことを思い出した。そういうときはだいたい子竜の体の一部が壁などに埋まっていて、抜けないからと親竜を呼び出していたような気がする。

「どうしてあんな場所にと思うようなところに、子竜が手を突っ込みたくなる大きさの穴が開いていたりしますね」

「それが、穴の出口だな。あの穴は、渓谷の上ほど大きくてな。下に行くほど枝分かれしているのか小さくなっていく。最終的に底の方で水が抜けるための穴が開き、そこに子竜達が手を突っ込んだり尻尾を突っ込んだりして穴を広げてしまうようだ」

青の寝屋には、そんな穴など開いていた記憶はないので気がつかなかったが、どうやら子竜達の寝屋にはよくあることらしい。

「寝屋は、底の方ほど外壁が丈夫なんだ。おそらく素材自体が違っていて、浸食が起きにくいんだろう。成体の竜はその穴を見つけても、小さい場合は寝屋の中以外の場所はほぼ放置する。さすがに寝屋の中にあるままだと、埋めておかないと雨期になったらその場所が水浸しになってしまうから、石を詰めたり泥を塗り込んだりして直すんだそうだ」

この辺境の雨期は大変激しい。ひと月に満たない日数で、ほぼ一年、この地方に住む人々の水が賄えるほど降るのだから、仕方ないと言えば仕方ないが、どうやらその雨量が作り出しているのが、竜のねぐらの穴らしい。

「……つまり、その穴は、水の流れ的に上から下まで、道筋を作りながら流れているんですね？」

メリッサがふと思いついたことを確認するようにヒューバードに問いかけると、ヒューバードも同じことに気がついたらしく難しい表情で頷いた。

「もしや、それの中に、人が通れる大きさもある、ということか？」

「ある程度の大きさの場所を見つければ、あとは人が掘って大きく広げれば使えるのかもしれません。一年たてば再び雨期が来て、その穴を通って水が流れる。そうして人が掘った穴も、水が流れる道となって、削れていく。普通に這って利用していると思い込んでいましたが、もしかしたら川のようになめらかに角度がついていて、滑って降りられるようになっているのかもしれませんね」

ヒューバードは口元を手で押さえ、何か思い悩むように首を傾げた。

「ずいぶん気長だと思ったんだが、古い時代からあのねぐらで竜の密猟をしていたとおぼしき連中だ。その長い時間があれば、そういうことも可能か」

「雨期は一年ごとにきちんと時期が決まっています。底の川も水量は安定しているなら、逃げるための手段として検証していてもおかしくはありませんね」

気の長い作戦と言えば確かにそうだが、それだけに周囲の変化は乏しく、またそれは見つかりにくいということにも繋がる。

メリッサは、思考にふけるヒューバードの足が進むように促しながら、竜達が空にいないねぐらを見て、小さくため息を吐いた。

メリッサはヒューバードと共に朝食を取ると、あらためて昨日の書き出したメモを手に、国境警備隊の詰所にある会議室へと向かった。

メリッサは、普段ここには入らない。建物自体に用がなく、またここは国の軍事施設であるからだ。

入るには相当の許可が必要な施設なのだが、今、この施設は辺境伯家の人間には入場許可が王太子殿下の名の元に下りているらしい。

現在国境は封鎖されており、許可が下りたものしか通れないことになっている。キヌート側からも同じようになっているらしく、警備の人員は最低限の人数を残し、すべてこちらに帰ってきているらしかった。

「キヌート側の状態は？」

「キヌートの特殊部隊が、今朝から緑の竜の遺骸発見現場に向かい、現在調査中とのことです」

その報告を、深夜竜騎士であるマクシムが帰還して置いていったらしい。

「そんな夜中に……ごめんなさい、昨夜休んでしまっていたから気がつかなくて。ちゃんと食事は取っていたかしら。あと、騎竜はどんな状態でしたか」

メリッサは、正面にいた国境警備隊の兵に聞いたのだが、その返答はなんと隣から聞かされた。

「昨夜は私が起きて、竜に野菜と水は与えておいた。マクシムの食事は、ハリーの指示で侍従が軽く食べられるものを出したらしい」

メリッサはそれを聞いて、ほっと胸を撫で下ろすと共に、ヒューバードに小声で告げた。

「起こしてくださって良かったんですよ？」

「よく寝ていたから、起こすのが忍びなくてな」

少しはずかしそうに頬を染めたメリッサに、居心地悪そうな国境警備隊員は、二人をそのまま会議室へと案内した。

そこでねぐらの地図をはじめて見たメリッサは、大きく目を見開き、感嘆の声を漏らした。

「すごいです。あんな広い場所の、こんな詳細な地図が描けるんですね」

メリッサの隣で、ヒューバードがその地図を広げたまま、四隅をテーブルにピンで固定する。

「こちらは、国軍の測量部隊と竜騎士隊の共同作業によって十年ほど前に描かれた地図です。国境を正確に測るための作業の延長で描かれました」

案内したメリッサと同じ年くらいの兵士が敬礼しながら説明してくれるのを聞きながら、メリッサはその地図に見入っていた。

「確かに上空から見たそのままですね。すごい技術です」

メリッサの賞賛に、部屋に集まりつつあった兵士達が嬉しそうな表情でメリッサを見守っていた。

「メリッサ、例のメモを」

「はい」

そうしてヒューバードは、最初に自分が襲撃を受けた場所を指し示す。

「私はここで襲撃を受けた。そして兵器の設置地点がここ」

地図にピンを刺し、指し示したそこを、メリッサは持ってきていた裁縫用の糸で長さを測る。

「それは……」

いつの間に来ていたのか、国境警備隊の隊長がヒューバードとメリッサの間に立ち、地図を睨みつけていた。

「お義母様が、この兵器は有効範囲がとても狭いという話をおっしゃっていらしたのです。それで夫が襲われたときの距離を基本として、相手の拠点となり得る地点を探そうかと思いまして。同じ固定兵器、同じ腕前ならば、当たる位置はだいたい一緒。そこに当てたいなら、同じ距離の位置を探して打つのではないかなと。竜達がいる場所は最低限空中です。その位置から、ある程度の平地がある崖の上を探します」

ヒューバードが、メモを頼りに襲撃地点を割り出し、もし攻撃を受けたことがわかっているならその撃たれた方角も割り出していく。そしてメリッサが糸で距離を測り、その糸の範囲で崖に面している場所にポイントを指し示す。

「ヒューバード様、こちらの崖、身を隠せるような場所や特徴的な場所はありますか？」

「そこは正面に小さい茨があったな。竜達なら平気だが……」

「植物なら、当時は生えていなかった可能性もありますが」

「少なくとも、そこには現在使用しているような隠し通路はないんだろう」

「それじゃあ、こちらの地点ですね」

夫婦二人の作業は長く続き、ようやく地図が完成したときには、周囲に兵士達も集まってしげしげと眺めている状態だった。

完成した地図には、十一ヶ所の襲撃場所にピンが打たれている。そしてメリッサが想像していた通り、襲撃箇所は一見離れているように見えていたが、ある程度の広さがある崖を中心に、襲撃可能場所は三ヶ所ほどに絞られていたのである。

その三ヶ所のうち、一ヶ所はもちろんヒューバードが襲われた地点なのですでに調査は進んでいる。

ということは、残りの箇所の探索が必要だった。

「で、これで私達は何をすればいいんだ？」

国境警備隊の隊長は両腕を組んで地図を見下ろしながら、ヒューバードに問いかける。

ヒューバードは、ざっと周囲を見渡し、あらためて隊長に視線を戻した。

「現在動かせる兵士達で、この示した地点の探索をお願いしたい」

「ふむ……。竜達がいない夜間におこなえばいいのか？」

その問いに、ヒューバードは首を横に振った。

「現在緊急事態のため、青の竜はねぐらの竜達をその周囲で飛ばないように制限している。そのまま兵士が領域に入り、調査することを報告しておけば、わざわざ崖の上の様子を探りには来ない」

それを聞いて、国境警備隊長はしばらく沈黙したのち、大きくため息を吐いた。

「他でもない、辺境伯閣下がおっしゃるなら、間違いないのでしょう。ただいまより、イヴァルト辺境国境警備隊は、王太子殿下のご命令により、辺境伯閣下の指揮下に降ります。何なりとご命令を」

その隊長の背後に、集まっていた兵達が整列をした。

「竜の渓谷にて密猟者の出現地点を制圧する。すぐに出立用意を」

その命令に、国境警備隊の兵達は一斉に敬礼すると、すぐさま会議室を退出する。

部屋に残ったのは国境警備隊長ただひとり。そのただひとりは、ヒューバードに向かって真剣な表情で問いかけた。

「現地指揮官は、竜騎士隊副隊長でしょうか？」

そう問われたヒューバードは、しばらく沈黙した。

「現在、辺境伯閣下は王太子近衛(このえ)隊の警護対象者であると伺っております。辺境伯閣下が指揮をとり軍を直接動かすならば、近衛隊の近衛を連れて出動されることになります。それでは王太子殿下の警護に差し障りがあります」

メリッサはこの会話の最中、ただヒューバードを見つめていた。

「辺境伯夫人、あなたのご夫君をお止めください。現在襲撃を受けた人物を警護なしに連れ歩くわけにはまいりません。我々は辺境伯の襲撃犯を追い詰めるために出陣するのであって、囮(おとり)作戦をおこない相手を捕縛しに行くわけではございません」

軍人らしい厳つい顔ながら、心の中は優しい人だ。その軍人らしい軍人を見て、メリッサは心の中でごめんなさいとつぶやいた。

「ヒューバード様」

メリッサは、真剣な表情で、ヒューバードの目を見て聞いた。

「ヒューバード様が直接出るのなら、せめて白の女王に騎乗してください」

「辺境伯夫人!?」

驚いたように隊長が声を上げたが、メリッサはなんとなくヒューバードがやろうとしていることが理解できていた。

「空に出るなら、白の女王の上がどこよりも安全なのですよね?」

「ああ。対竜兵器があってもなくても、白の女王の上が最も安全だ。ある程度対処ができたなら、私は白の背中に戻る」

ヒューバードはそう言うと、ねぐらの方に視線を向けた。

その瞬間、ねぐらの方角から、青い空に映える真っ白の竜が飛び立ち、一直線にこちらに飛んで来ている姿が見えた。

「空から国境警備隊を警護しながら竜のねぐらへ向かう。用意を頼む。……私は王太子殿下に出陣の挨拶をしてくる」

ヒューバードは、先ほどたまたま国境警備隊の隊長が言った囮作戦をおこなうつもりなのだろう。

「ご武運を、ヒューバード様」

部屋を出るヒューバードを淑女の礼で見送ったメリッサは、国境警備隊の隊長がため息を吐くのを見て、謝罪するしかなかった。

庭にいる子竜達は、親に止められながらそれでも柵の周囲に行きたがった。

そこに見定めている最中の騎士がいるのだから、ある意味当然だろう。

元々、この見定めの状態は、相手が気になる、というところから始まることなのだ。そこにいると気になる。どこか目を引く。何をしているんだろう。そのような感情を竜が持つことによって、見定めは始まるのだ。

子竜達は、親竜が止めるのも聞かずに、見定めをしている男のいる柵から少しだけ離れた位置に止まり、鳴きはじめた。

その場所は、今国境警備隊が出動準備をしているために慌ただしいことになっている。もちろん、見定め中の竜騎士候補達はそんなことは関係なく、竜に相対していて構わないことになっているのだが、それにしても騒がしく、落ち着いて見定めるなどといった状況ではなかった。

そのため、見定め中の青年も、いつものように楽器を持って子竜の顔を見に来ていたが、気もそぞろで警備隊の出動準備に視線を奪われていた。

キュ、キキュ？　キュルルル！

一生懸命に見定めている相手に話しかけているようだが、相手にはまだ通じていない。

四本足を踏ん張りながら、バサバサと翼まで動かして自分を見ろと言っているが、言葉が通じない相手に次第に苛立(いらだ)ってきているようだった。

キュ、キュルル！

子竜が鳴いているところに詰所から出てきたメリッサは、子竜の言いたいことがなんとなくだがわかっていた。

子竜は、いつものはどうしたの？　鳴らしてよ！　そう問いかけているようだ。

メリッサは青年に一言それを知らせるために、子竜へと歩み寄った。

「……え？」

青年が、突然何かに気づいたように竜の庭に向き直った。

キュ、キュルル！

「……え？」

そしてそれを見ていたメリッサも、大きく目を見開いて固まったのである。

キュルル！

唖然（あぜん）とした青年は、楽器を片手に持ったまま、固まってしまっていた。

「あの、そこの竜騎士候補の人！」

ぽかんとしていた青年は、メリッサの鋭い声に、のろのろと首を振りながら振り向いた。

「とにかく、楽器を演奏してあげてください」

メリッサが笑顔でそう言うと、青年はようやく自分がどんな状態なのか、理解したらしい。

「……っ、やっぱり、そうなんですねっ」

子竜は、ついに声を届けることに成功してしまった。

これが誰もが頭を抱える、子竜を連れた竜騎士が誕生した瞬間だった。

武装をして屋敷から出てきたヒューバードは、背後に近衛騎士隊長ベアードを連れていた。

白の女王の正面にメリッサが立っている。それ自体はヒューバードもよく知る状態なのだが、いつもとどこか様子が違っていた。

「白、メリッサ？」

名前を呼ばれたことで振り返ったメリッサは、どこか困ったような表情でヒューバードを出迎えた。

「何かあったのか？」

つい先ほどは気丈にヒューバードの出陣について背を押したメリッサが、やはり心配だったのだろうと考えたヒューバードに、メリッサはごく短い言葉で、端的に現在の状況を伝えたのである。

「子竜が選んじゃいました」

最近は、子竜がいるかぎり音楽が鳴っていることが当たり前だったため、ヒューバードもその状況を特殊だとは思っていなかった。

青年は喜ぶ子竜の前でただ竪琴をかき鳴らしている……ように見える。

問題は、子竜の歌のようなものに合わせて、青年が竪琴を演奏していることだった。つまり、青年は子竜の、鳴き声ではなく頭の中に直接語りかける声に応えて竪琴をかき鳴らしていることになる。

それを見たヒューバードは、額を押さえてつぶやいた。

「今か……」

「子竜が退屈していたようですから、仕方ない気もします」

退屈をしていたときに、竪琴を持ってきていつも演奏してくれる人が来た。演奏して！　という流れるような経緯がヒューバードの頭の中であっさり納得できる説として展開した。

事態を理解してか、白の女王も子竜の親竜も、どこか遠くを眺めてたそがれているような珍しい表情をしている。

だが、白の女王をいつまでもぼけっとさせておくわけにはいかない。

「とりあえず、新人についてはあとだ。そこの親竜！　頼みがある。子竜がある程度大人になるまで、お前が人と子竜を守ってくれ」

グルゥ……

緑の親竜は、ヒューバードに視線を向け、途方に暮れたような視線で応えていた。

「人のほうの準備がまだ整っていない。あの人間の男も、お前の子だと思って守ってやってくれ。それと、青には知らせておくから、できるならしばらくここを拠点にしてくれないか」

それを聞き入れたのか、仕方ないとばかりに親竜がのっそりと柵の近くへ移動するのを見守り、ヒューバードは白の女王に久しぶりに胴具を取り付けた。

「メリッサ、屋敷と庭のことは任せる。すまないが、彼に竜についての説明をしてやってくれ。特に親竜についてを頼む」

「はい」

メリッサは苦笑しながら頷いたが、もう一つ不思議だったことについて、ヒューバードに問いかけた。

「あの……絆の成立をお祝いする歌が……誰も歌いませんね」

普通、竜騎士が誕生すると、竜達が絆の相手を見いだした竜に対して祝福の歌を送るのだ。しかし今、この場にいる親竜達と子竜も、そしてヒューバードの騎竜である白の女王も、歌を歌ってはいなかった。

「……あまり子竜が騎士を選んだと知らせたくはないんだが……どうするかは青と相談しないといけないな」

ヒューバードはそうつぶやくと、勢いよく白の女王に騎乗した。

「せっかく騎士を選んだというのに、誰も祝福しないのではあの子竜も騎士も気の毒だろうから、今回の件をさっさと片付けて、みんなで歌ってやろう」

「……はい。この辺境中に響くくらい、盛大にお祝いしましょう!!　だから……早く帰ってきてくださいね。もう半年待ちぼうけはいやですよ」

メリッサのその言葉に、ヒューバードは笑みを見せた。

「そういえば、あの日の出陣も、目的地は辺境で、用事があるメリッサに早く帰ってくると約束したんだったか」

だいたい二年くらい前も、この辺境で密猟者の掃討をしていたことを思い出したヒューバードは、あの当時は成年前だったメリッサの笑顔を思い出していた。

「あのときは、待たせて悪かった」

「そうですね。おかげで危うくよそのお家に就職してしまうところでした」

クスクス笑うメリッサは、もうヒューバードの出陣を怖いとは思っていなかった。

「そうならなくて良かった。納得できない白の女王が、メリッサの就職先に突撃してしまうところだった」

確かに、ヒューバードと白の女王を説得できないまま就職することになったなら、手紙でも残しておこうなどとのんきに考えていたのだが、よく考えたら白の女王は間違いなく自分を迎えに来てしまったはずだ。

それを想像してしまい。思わず真面目（まじめ）にそうですねと答えてしまった。

そんな会話をしていた最中、国境警備隊の出動が伝えられた。

「それでは行ってらっしゃい、あなた。無事のお帰りをお待ちしております」

メリッサは、ヒューバードを輝くような笑顔で見送った。

白の女王で飛び立った姿をずっと見守っていたが、ひとまずまだ楽器をかき鳴らしていた青年と、くるくる回って嬉しそうにしている子竜に、竜騎士になることについての説明をするため、視線を地上に戻した。

今、ここにいる竜達は、子竜とその親竜だけだ。きっとあの子竜の騎士となった青年も、普段竜騎士に選ばれたものが感じている、竜達の賑やかな声は聞こえてはいないのだろう。

それでも、あの青年は竜に選ばれたのだ。それなら、あの青年が竜と共に生きるために必要な知識を教えるのは、この辺境伯家の務めであり、辺境伯であるヒューバードがいない今、それをするべきなのはメリッサの役目である。

あの親竜と子竜、そして青年にそれを伝えるべく、メリッサは背筋を伸ばし、今も楽しそうに演奏を続ける青年に歩み寄った。


ヒューバードは、空から数日ぶりにねぐらを見下ろしていた。白の女王が空に現れたのを察してか、ねぐらから竜騎士二騎がすぐさま迎えるように現れた。

「ヒューバード、お前、護衛を置いてきたのか？」

そう笑っているコンラッドに問いかけられ、ヒューバードは苦笑して頷いた。

「仕方ない。近衛は飛べないしな」

そう言いながら、ヒューバードは視線をそのままねぐらへと向けた。

「今、青の竜が竜騎士以外の飛行を禁じた。上にいる国境警備隊達は、これで大丈夫だろう」

ずっとねぐらの底を見ていた竜騎士達は、滞空したまま国境警備隊の兵達が、メリッサとヒューバードが割り出した地点の捜索を開始したのを上空から見ていた。

「下で見てなくていいのか？　いるんだろう？　お前を狙ったやつ」

ダンが下を見ながらそう告げる。

ダンのあっさりした問いかけに頷きながら、ヒューバードは白の女王に問いかけた。

「白、私を狙った密猟者は、まだねぐらに潜んでいるんだな？」

『いるわ。石弩の傍にいた、逃げてしまったのとは別の、あのおかしな武器に付いていた匂いが、ずっとまとわりついている』

白の女王はめったに出さない物騒な唸り声を喉から響かせ、渓谷の崖を睨みつけた。

一ヶ所は地面ごと潰した。他の二ヶ所も石弩は破壊された。この状態でまだ襲撃をするというなら、もう直接ヒューバードを狙ってくるしかない。もしくは再び下まで降り、川に逃れることくらいしか道はない。

だいたい撃たれる方角がわかっており、白の女王に乗った状態なら、よほどのことがない限り、ヒューバードは現在存在するどんな遠隔攻撃でもかわせる自信がある。

そうしてようやく、二ヶ所での調査が開始され、賑やかな音が響きはじめた。

「おお、あの小屋、打ち壊されているなぁ。昔からあったようなおんぼろなのに」

「むしろおんぼろに建てたんだろう。ヒューバードが狙われた地点も、外観はかなりぼろかったはずだ。わざわざ材料を朽ちさせて使うってのも、すごいよなぁ」

「中に遠隔武器があった場合、密猟者のものである可能性が高いとは伝えておいたからな。武器は押収して、小屋は壊すはずだ」

ヒューバードが言ったが早いか、たった今大きな音を立て、小屋が槌で破壊された。

「さて、じゃあ降りるか」

ダンが白の女王に視線を向け、命令を待つように制止した。

「白、敵が狙っている方角はわかるか？　現在地は？」

それを言った途端、何も命じていないのに、白の女王は少しずつ降下を始めた。

『ヒューバード、正面にいるわ』

それを聞いたヒューバードは、壮絶な笑みを浮かべ、他の騎士達に視線を向けた。

「お前達は、私が武器を向けられた瞬間に動け。それまで、敵の攻撃範囲には入るな」

「ああ、任せる。……竜騎士の騎竜の中で、最も美しく最も目立つ的だ。じっくり見せつけてやってくれ」

コンラッドの言葉にこくりと頷いたヒューバードは、いつもの降下地点に、ことさらゆっくりと、見せつけるように降りていく白の女王から警告される。

『いるわ。小さな隙間から狙っている。……直接あなたが狙われているようよ』

「望むところだ」

相手は間違いなく、遠隔攻撃でヒューバードを狙っている。数ケ所から感じる殺気に、ヒューバードは一切ひるむことなく手綱を手放した。そして両手に一本ずつ投擲用の槍を構えた。

ヒューバードよりも上空では、竜騎士二人があの石弩で放たれた矢よりもずっしりと重い投擲用の槍を、胴具に取り付けた筒から抜き出し、構える。

そうして降りながら、ヒューバードは目で密猟者を探していた。

次の瞬間、目が合った……気がした。

「白！」

そう思った瞬間に飛んで来たのは、小型の人間用の石弩から放たれた矢だ。ヒューバードはそれを正面にしっかりと見ながら避け、投擲槍で反撃する。過たず石弩が見えた隙間に吸い込まれ、その場所から悲鳴が聞こえた。

同時に、別の場所からヒューバードを狙っていた者達を見つけたコンラッドとダンは、急降下して同時に別の方角へと槍を投げ、それぞれ過たずねぐらに開いた穴の中に潜んでいる男達に命中させた。

渓谷の底に降りようとした者達もいたが、この場所では人が動いただけで目立つ。逃げようとしたらしいが少しでも動くものが目に入れば、戦いで気が立っている竜達に気づかれないはずはない。

やはりちらりとでも姿が見えれば野生竜達まで騒ぎ出し、上層に隠れていた密猟者達は再び姿を隠す間もなく、すぐさま倒された。

とりあえずヒューバードは渓谷の底を目指し、下降を続ける。視線を向けてみれば、青の竜が姿を現して白の女王を待ち構え、空に目を向けている。

そうやって白の女王が底に着いた瞬間、青の竜が鋭い警告音を発した。

それに反応して、白の女王は地上に降りる間もなく再び上昇したが、ヒューバードは何が起こったのか確認する間もなく、自分に向かって飛んできていた石弩の矢を、手に持つ投擲槍で打ち払う。

先ほどと同じように石弩の矢が打ち込まれてきているらしい。立て続けに打ち込まれた矢をすべて落とし、周囲に視線を巡らした。

男は、壁の隙間に隠れ、慌てるように石弩を巻き上げていた。三丁の石弩を使い、立て続けに射出して狙っていたが、すべてヒューバードがはじいてしまい、慌てて再び巻き上げはじめてしまったらしい。ようやく見つけた残り一人の姿を確認した瞬間、下から飛んで来た何かがその男の顔に正面から勢いよくぶつかり、吹っ飛んだ。

唖然としたヒューバードは、その何かが飛んで来た軌跡を辿り、その場所を見て思わず微笑んだ。

そこにいたのは、青の竜だった。ねぐらの底で四つ足で構えていたが、その足元がおそらくは尻尾か何かで抉（えぐ）られている。そこまで見て、ヒューバードは何が起こったのかを悟ったのだ。

青の竜の前に降り立つと、白の女王が首を伸ばして青の竜と首を擦り合わせて感謝を示した。

「青、よく石を飛ばそうなんて考えついたな」

ヒューバードが白の女王の背から降り立ち、青の竜の正面でそう尋ねると、青の竜はちらりと白の女王の背中にある、投擲用の槍入れを見て、こくんと首を傾げた。

『メリッサが、ヒューバードを守ってと言っていたから。上の竜騎士達も、みんな何かを投げていたから、その方がいいのかと思って』

壁面のねぐらに見せかけた場所にいた敵は、穴にもぐり込み今まさに逃げようとしたところを二人の竜騎士が壁を壊し、残らず引きずり出して捕縛した。

そしてこの場所から不審者の気配は消え去ったのである。

「おいおい、こんなに崖の中に道を作っていたのかよ」

穴を開けた壁の中を覗き込みながら告げたダンのあきれたような言葉に、コンラッドが苦笑して答えた。

「長年の地道な努力のたまものだね。まあ最も、こうして見つかったからには、もう二度とこの壁の中の道は使えないだろう。……鼻のいい竜達が、怪しい人の匂いを感じる壁はすべて壊してしまうだろうからな」

それを聞いていたヒューバードも、青の竜の鼻先を撫でながら、穏やかな表情で頷いた。

「青、ねぐらにある密猟者達の道を見つけるのを手伝ってくれるか？　この際、徹底的にやりたい。ついでにねぐらの雨漏りも直して、綺麗(きれい)に整えるか」

ギュアオォォォ

青の竜が鳴いて答えると、他の竜達も揃って鳴きはじめる。全員やる気で寝屋の改造を始めるらしい。しばらくの忙しさをヒューバードは実感しながら、すっきりした表情で微笑んだ。

結局その後の捜索で発見された密猟者達は、計七人いた。壁の中から見つかり、捕縛されたそれらを崖上に引き上げ、そこにいた国境警備隊に引き渡すと、今日の作戦は無事に終了したのだった。

久しぶりに、庭にいっぱいの竜達が集い、一匹の子竜を囲む。

子竜はどこか誇らしげに胸を張り、隣にいる顔色が真っ青の青年を竜達の前に引っ張り出した。

およそ武器など持ったことがなさそうな青年は、唯一の装備とも言える竪琴を手に、顔色を悪くしながら、それでも竜達の挨拶を立ったまま受け入れている。

「……メリッサ、よくあそこまで竜を苛立たせないようにできたな」

ヒューバードは、隣に立って目の前の光景を眺めていた妻を賞賛して、よくできたと頭に手を置き、何度も撫でた。

「あの方、元々吟遊詩人をなさっていたということで、英雄譚を作るために戦場に出たこともあるんだそうです。だから度胸はあるんだろうと思って、あの子竜のお母さんに協力してもらって、間近に竜がいる環境に無理やり慣れてもらいました」

どちらにせよ、子竜に選ばれ竜騎士となったからには、子竜が慣れるまでは、しばらく何があっても、あの青年は庭で野宿の運命が待っている。その野宿には、子竜と子竜の親竜がべったり貼り付くことは決まっていることなのだ。時間さえあれば、何もなくてもその状況に慣れたのは間違いない。

ただ、少しでも急いだ方がいいかと考えた方法は、黒鋼の柵のすぐ傍で野営することだった。

「こ、ここで、寝るんですか？」

今も竜達が見守るすぐ横、それこそ爪が届きそうな位置に張られていくテントを不安の眼差しで見つめていた青年は、それを命じたメリッサに恐る恐る尋ねてきた。

「竜と絆を結ぶと、しばらくの間……そうですね、一月か二月は、竜の目の届く場所にいた方がいいんです。そうしないと、竜が不安を感じて建物の中まで追いかけるんです。中に入れないなら、壁を壊すなどして無理やり騎士を探しはじめてしまいます。あの子竜だと、きっとあなたを探して屋内まで入り込んでくるでしょう。そうすると今度は、あの親竜が子竜とあなたを探して、建物を壊しはじめます。……ね？　危険でしょう？」

「そ、そうですね……」

ははは、と乾いた笑い声を出す青年に笑顔でがんばれと告げたメリッサは、ひとつだけ青年に申し訳ないと思うことがあった。

さすがに、ここまで柵に近くなくても、実は大丈夫なのだということは青年に内緒である。目が届くなら、手は届かなくてもいいのだが、あえてそれは伝えなかったのだ。

メリッサは侍従に頼んで、ひとり用の野営用天幕を黒い柵に手が届くような場所に張ってもらい、そこでひと晩、青年に寝てもらった。

明朝、親竜の鼻息を真正面に浴びながら目覚めたらしい青年は、目の前いっぱいに広がる親竜の顔を見て、横になったまま悲鳴を上げる間もなく、目を開けて気絶した。

それがよほど強烈だったのか、それ以降、竜が普通にしているかぎり、驚いたりはしなくなったのである。

「そんなわけで、これに関してはあのお母さん竜にあの方の守護をお願いしていたヒューバード様のおかげかと思います」

満面の笑顔でそう告げたメリッサは、たった今空から降りてきた青の竜に、小さな子竜が自分の騎士を自慢するように差し出す様子を見て、微笑んだ。

「あのおちびさんも、ちゃんと騎士を選んだことが自覚できたようで、良かったじゃないか」

ようやくねぐら生活から解放されたダンも、かわいらしい子竜を見て相貌(そうぼう)を崩しながら見守っていたが、コンラッドだけは不安を隠せない様子で、屋内の庭が見渡せる部屋から新しい竜騎士の誕生を見守っている王太子に視線を向けていた。

「王族に、この様子を見せていて本当に大丈夫なのか？」

王太子は、近衛隊に囲まれて笑顔で見守っているが、コンラッドはこの子竜が、すぐに騎乗訓練をして王都に旅立つなどできはしないことを理解していた。

ある意味、竜騎士ではない竜騎士の誕生を王太子に見られたことで、無理やり子竜を運ばなければならない事態にならないかを心配していたのである。

「大丈夫だろう。王太子殿下は、子竜が成体となり、親竜となによりねぐらの竜達が独り立ちを認めるまで、ゆっくりと修業に励めばよいとお言葉をくださったからな」

そうヒューバードが告げたそのときだった。

青の竜がまず、高らかに祝福を歌い始めた。

それに続く白の女王も、小さな騎竜見習いの顔を舐めてから、青の竜の歌を辿るように祝福の歌を紡ぎはじめた。

そのあとは、色など関係なく、その場にいた竜達すべてが鳴きはじめ、この場は祝福の歌で満たされたのである。

小さな騎竜見習いは、それを嬉しそうに聞き、まるで返歌をするように歌を紡ぐ。

ざわめきのように竜達の歌は広がり続け、メリッサが願った通り、辺境の隅々まで、祝福の歌は響き渡ったのだった。

「見学の許可をありがとう、辺境伯。大変感動的な場に居合わせることができ、感謝する」

竜達の祝福が終わったあと、今度は竜騎士達による歓迎会が始まったところで、ヒューバードとメリッサは揃って王太子の元へと向かった。

王太子の滞在期限が迫っており、今日の参加を認めるかどうかを最後まで近衛と秘書官が話し合っていたが、王太子のこれを逃すと生涯見られない行事なのだから、見て帰りたいという言葉で、再び数日延長してまで参加したのだ。

すべての関係者を集め、あらためて感謝の言葉を述べる王太子に、あらためてヒューバードがこの場にいるすべての人々に聞かせるように現在の状況を訴える。

「お言葉をありがとうございます。ですが、このたびの竜騎士は、騎竜自体が親竜から独り立ちを許されてはおりません。竜騎士として王宮に出仕するのは、やはりしばらく不可能です」

そう告げたヒューバードだったが、王太子は笑顔のままでうんうんと頷いている。

「大丈夫だ。私から父上に進言をしておこう。それに今なら、竜騎士となった叔父上も味方をしてくださるだろう。しっかりと親竜が認めるまで、ここで修業を積めばよい」

「ありがとうございます」

「それに……その修業している最中に、竜騎士の制度が少し変更になるかもしれないしな」

王太子は、笑顔を見せながらまるで内緒話だと言うように、口の前に指を立て、ここだけの話を始めた。

「今回の辺境伯の襲撃事件は、ある意味我が国がこの辺境伯家に課した非道な制度が続いてしまったがために起こっているものだろう。辺境伯家の貢献を考えれば、そろそろ制度を本格的に変えなければならないと思う。青の竜の望みを叶えるべく、私は全力でこの竜騎士のあり方についての制度を変えられるよう、これから取り組んでいきたいと思っている」

王太子は静かな表情でそう告げると、再びにっこりと笑顔を見せた。

「思わぬ長逗留となり、辺境伯家には世話になった。こうして竜騎士の良き日に立ち会えたことは、生涯忘れない。ありがとう」

そうして笑顔でヒューバードの手をとり、しっかりと握手をして、王太子は辺境伯領から旅立っていった。

ただし、秘書官をひとり残して。

ヒューバードは、なぜかひとり残った秘書官と顔を合わせ、首を傾げた。

「……なぜ？」

「王太子殿下からのご命令で、キヌートとの連携についての報告書と、こちらで捕縛された密猟団の護送の手配をしてから帰ってこいとのご命令でして。大変申し訳ないのですが、もうしばらく私は世話になりますね」

笑顔の秘書官は、そのまま再び客室に滞在することとなったのだった。

ねぐらの捜査を国境警備隊に任せ、竜騎士隊の面々は、今も作戦中のキヌートへと向かうためにその準備をしていた。

そんな中、今まで帰還できなかったマクシムが、キヌート側から事件についての報告書と共に、事情説明のために人が送られてくることを、わざわざ知らせに来てくれた。

「いったい誰が来るんでしょう。もう王子殿下とかはいらっしゃいませんよね？」

さすがにすでに王太子が旅立った辺境伯邸は、王子がわざわざ来て報告するようなことはない。

いったい誰が来て、何の報告があるのかはわからないままだったが、ひとまず人を迎える準備が整えられた。

そうして待ち構える辺境伯家に来客が伝えられたのは、マクシムが手紙を運んできた翌々日のことだった。

終章

その日、屋敷を訪ねてきたのは、ヒューバードの従兄であるローレンス・フェザーストンだった。

彼はまず、捜査の遅れについて詫びたあと、ひとまず今までの成果についての報告をおこなった。

「今回、竜を狩った密猟団は、我が国に拠点を置いているわけではありませんでした」

それを聞いたメリッサとヒューバードは、意味がわからずに問いかけた。

「では、なぜあの川の逃走ルートを知っていた?」

「今回躊躇わずに川に飛び込んだと聞きましたので、私どもも我が国に拠点があり、こちらのねぐらを何度も襲撃した集団の仲間だと思っていたのですが、そうではない可能性が出てきたのです」

ローレンスはそう言うと、持っていたかばんの中から木片を取り出した。

「お預かりしていた武器の破片ですが、我が国で作られたものではないことが判明しました」

その答えに首を傾げたメリッサは、あらためて木片を見て、ローレンスに問いかけた。

「あの、この木片がキヌートのものではないにしても、木を輸入して作る可能性もあると思うのですが、そこまで断言できたのはなぜなんでしょうか」

メリッサの問いに、ローレンスは若干厳しい表情を見せて首を振った。

「この木材は、寒い地方で育ったウォールナット材だそうです。我が国で木工職人を訪ねたところ、この木でよりによって竜用の大型兵器を作るなど、正気の沙汰ではないと断言されました」

「正気の、沙汰ではない？」

いよいよわからなくて首を傾げるメリッサに、ローレンスはわかりやすく説明をしてくれた。

「こちらの木は、我が国には生えていないものです。気候的に我が国は温暖で、木はよく育ちますが、柔らかく加工が容易な木材が基本なのです。当然、こちらのウォールナットは輸入できますが、産出国が遠いため、船での輸送となるのです。当然、木材には関税と運賃がかかることとなり、その分が価格に反映されます。それを対竜用の石弩に使用するなど、何を考えているのかと、そう言っておりました」

「対竜用の大型兵器でなければ、使われることもある、と」

「優秀な木材で、歪みも少なく硬さもあるので、逆に小さい兵器や住宅の装飾なら、多少高価になったとしても使われるのだそうですよ。ただ、対竜用の兵器をこれで作るなど、もったいないにもほどがあると、職人達は揃ってそう言うのです。対竜用大型石弩は、見つかると間違いなく竜達は叩き壊します。そして一度でも竜に向けて発射してしまえば、あっという間に壊されるのがこの兵器なのだそうです」

ローレンスは、過去にキヌートで配備されたという石弩の図面を資料として出し、説明しながら実際に聞いたという職人の言葉を告げた。

「たった一発撃つだけしかできないものに、この木材を使う必要はないだろうと、そういうのです。実際我が国では、使い捨て前提で作成するのが一般的で、最低限一度射撃できればいいため、我が国で産出される軟らかい木材を補強した形で作られていたのです」

言われてみれば確かに、と納得しそうになったところ、ヒューバードがそれに待ったをかけた。

「確かに木材として仕入れて作るのは、金をドブに捨てるようなものだろうが、すでに武器になったものを輸入するなら、問題ないんじゃないのか？」

ヒューバードの意見に、ローレンスは小さく頷き、しかし、と続けた。

「さすがに兵器を輸入したとなれば、関税で気づきます。もちろん、密猟団など非合法の固まりのような集団が、まっとうな手段で入手した武器を使っているはずもないことは理解しています。しかし、一般的にこれが使用される地域と繋がる商社も我が国にはなく……つまり、この木材の産出国の確認しかできませんでした」

「……どこだ？」

ヒューバードの簡潔な問いかけに、ローレンスはまるで誰かが聞いているのを恐れるように小さな声で告げた。

「イヴァルトの北、広大な山脈を越えた先にある、ノヴレー王国です」

「ノヴレーというと……」

メリッサが、周辺国について思い出している間に、ヒューバードが教えてくれた。

「十年ほど前まで、敵対国として戦争が絶えなかった国だ。あちらとイヴァルト、キヌートの間には山脈がそびえていてな。あちらから攻め込むことは難しいが、こちらは竜騎士隊で攻めることができると、竜騎士隊の解散を散々申し入れてきて、自然と敵対することになった。竜騎士隊の存在に対して恨みが深い国だな」

ヒューバードがそう告げると、ローレンスはヒューバードの言葉に補足するように説明した。

「十年前に起こった戦争では、周辺国も巻き込んで大変な規模になったそうです。竜騎士への恨みが深い、というより、竜騎士に対して逆恨みが激しい国ですね。……だからこそ、ありそうだと思いますが、我が国で商家が認められることがない国でもあるのです。なにせ、我が国に来て竜に対して侮辱などされたら、国の滅亡に関わる事態ですから。商売の許可が大変下りづらいと聞いています」

「我が国もだな」

「そんな理由でして、調査はまだしばらくかかると、青の竜にお伝え願えますか」

「了解した」

ヒューバードの了解を得た瞬間、ローレンスは安堵（あんど）の表情を見せて胸を撫（な）で下ろした。

「それにしても、ノヴレーか」

「今もまだ、虎視眈々と開戦理由を探しているなどと聞きますが……わざわざあの山脈を越えてまで、竜の密猟などに注力するのでしょうか」

ローレンスはその場で肩をすくめながらそう告げるが、ヒューバードの表情はけっして明るいものではなかった。


帰国するローレンスの馬車を見送り、メリッサはヒューバードと一緒に竜の庭へと足を向けた。

今は日常が戻り、竜達がめいめいに寛ぐ中で、子竜と一緒に親竜の前に座って何やら小さくなっている青年がいる。

「……あれはなにごとでしょうか」

「どうやら子竜を甘やかしているので、親から苦言を呈されているらしい」

どうやらおやつをねだられ、かわいさのあまり際限なく渡してしまい、親竜が与えようとしたトカゲを子竜が食べられなかったらしい。

「ああ、それは困りますね。虫やトカゲは、確か体を丈夫にするとか、白が前に言っていましたよね」

まだ青の竜が小さかった頃、虫やトカゲを食べると聞いたときに、あんな小さいトカゲや虫で大人の竜の食料として足りるのか、とメリッサが質問したことがあったのだ。そのときの答えが、小さな間は体を丈夫にするためにたくさん必要で、だから小さなトカゲや虫をたくさん食べるのだ。大人の竜は、食べるとしてもたくさんは必要なく、頻度も少ないため、自然ともっと大きめのトカゲを狙うようになる、と回答されたのだ。

「あの調子なら、あの親竜が青年を立派な竜騎士にしてしまいそうですね」

思わず笑みを浮かべてそう告げるメリッサに、ヒューバードも僅かに微笑みながら頷いた。

「人が無理やり飛び方を教えなくても、そのうちにあの親竜が、子竜を育てるように人も育てるだろう。最初の竜騎士は、そうやって竜に学びながら飛べるようになったんだから」

それを聞いたメリッサは、その事実に驚きも露わに目を見開いた。

「ここに他の竜騎士もいて、竜と絆を結んだばかりの人間を無理やり王都に送る必要がなくなれば、竜騎士達は竜に教えられて空を飛び、戦い方をひとりと一頭で学んでいくんだろう」

メリッサは、そのヒューバードの言葉に、思わず笑みを浮かべた。

「そうなると素敵ですね」

今回の事件で、確かに感じたことがある。

この辺境に、竜騎士がひとりしかいない、その異常性だ。

それを考えれば、王太子殿下がたまたま滞在していたことで、近い未来にこの状況が少しでも変化するよう、道筋ができたのかもしれないと思える。

「……ヒューバード様」

突然の呼びかけに、視線で返したヒューバードに、メリッサはできるだけあっさりと聞こえるように軽く告げた。

「青の竜にとって、私が産む子供はどういった存在になるんでしょう？」

「……は？」

「私は青の竜のお母さんですから……弟か妹ということになったりするんでしょうか？」

少しだけ頬を染めながらそう尋ねたメリッサの様子に、ヒューバードも少しだけ照れたように咳払いしながら首を傾げた。

「どう、なるんだろうな。そもそも竜の親に人がなったことがないから、わからないな」

なんとかそう告げたヒューバードを見て、それなら、とメリッサは微笑んだ。

「青に直接聞いてみます！　青ー！」

いよいよ羞恥から顔を真っ赤にして、逃げるように青の竜の元へと走って行くメリッサを、ヒューバードは珍しいことにしばらく立ち止まり、見送ってしまった。

気がつけばヒューバードはその表情に柔らかい笑みを浮かべ、たった今メリッサが示してくれた未来について、思い描いていたのである。

近い将来、青の竜は旅立つ。これはヒューバードにもわかっていた未来だった。それまでには無理でも、青の竜がここにいる子供達を弟や妹達と思ってくれたなら、青の竜の帰りが遅くなったとしても、出迎えることはできるだろうか。

話を聞いた青の竜が、嬉(うれ)しそうに羽を広げている様子を見ながら、ヒューバードもメリッサの傍(そば)へと足を進めたのだった。

了

あとがき

この作品をお手にとっていただきありがとうございます。織川あさぎです。

おかげさまで、『竜騎士のお気に入り』も九巻になりました。長いシリーズとなり、今回初めてお手にとる方には少々とっつきにくいかなと思いましたので、簡単に説明しますね。

竜大好きな少女が、竜大好きな竜騎士に見守られ、育てられながら、竜を守ろうと頑張るうちに、生まれたての竜になつかれ、それがどんな竜よりも強くて気がついたらその竜の親になっていて、結婚したあとも竜達の困難を解決するために頑張る話です。

毎回、ラブ成分少なめねと言われている今日この頃ですが、ヒューバードの視線の先はメリッサと竜が、メリッサの視線の先はヒューバードと竜が入っているんだなと、そう思っていただければ幸いです。お互い、竜を見る相手の顔と姿を見ているのが好きというカップルです。竜に凝視されながら、思いを育む二人です。

実はこの竜騎士のお気に入りのシリーズは、一迅社様のサイトで特設ページなるものを作っていただいております。毎回、更新されるたびに自分の直筆メッセージを見て、自分の字がもう少しましにならないものかとため息を吐きつつ万年筆で文字の練習をする（三日坊主）のですが、そこには一巻のピンナップである、一番お気に入りの青の竜の姿が見られるのです。

一巻の、生まれたてのころころしていた青の竜の姿を絵で見た時の感動は、今も覚えています。今、成体となった青の絵を見て、しみじみと大きく育ったなぁと思いました。ずっと書いてきて、青やメリッサをはじめ、登場キャラクターの少しずつの成長を、ちゃんとお見せできていたならうれしいです。

ここからは、謝辞を。

今回、大変なご迷惑をおかけしました担当様。そしてこちらのわがままな指定を受け入れてくださる伊藤明十様。並びに、この本の出版に関わるすべての方々。そしてこの本をお手にとってくださるすべての方々にお礼申し上げます。

この本を、少しでも楽しんでいただけたら幸いです。

織川あさぎ

IRIS
ICHIJINSHA

竜騎士のお気に入り９
ふたりは宿命に直面中

2021年８月１日　初版発行
2021年９月６日　第２刷発行

著　者■織川あさぎ

発行者■野内雅宏

発行所■株式会社一迅社
〒160-0022
東京都新宿区新宿3-1-13
京王新宿追分ビル5F
電話03-5312-7432（編集）
電話03-5312-6150（販売）

発売元：株式会社講談社
（講談社・一迅社）

印刷所・製本■大日本印刷株式会社

ＤＴＰ■株式会社三協美術

装　幀■今村奈緒美

ISBN978-4-7580-9383-5

この本を読んでのご意見
ご感想などをお寄せください。

おたよりの宛て先

〒160-0022
東京都新宿区新宿3-1-13
京王新宿追分ビル5F
株式会社一迅社　ノベル編集部
織川あさぎ 先生・伊藤明十 先生